달려라
코끼리

달 려 라
코 끼 리

라오스 코끼리가 9년 동안 남긴 우정과 교감의 발자국

최종욱 · 김서윤 지음

지구의 보호자이자 동물들의 수호자인,
위대한 코끼리를 위하여

↑ 2003년 9월 19일, 잠실 주경기장에서 펼쳐
진 야외 오페라 「아이다」 공연 장면. 이집트
코끼리로 분한 코끼리들이 위풍당당하게 행
진하고 있다. 우리 코끼리들은 국내에서는 드
문, 훈련된 코끼리였던 덕분에 영화와 광고 등
많은 분야에서 '러브콜'을 받았다.

← 2005년 4월 20일, 전국을 떠들썩하게 했던
코끼리 어린이대공원 탈출 사건 당시의 모습.
코끼리가 이느 기정진 마당으로 들어가 화단
을 쑥대밭으로 만들어놓았다. 뒤이어 도착한
조련사가 올라타 달래고 있다.

◆ 2008년 8월 18일, 광주의 우치동물원으로 세 마리 코끼리가 입성하던 날. 내가 살아 있는 코끼리를 직접 돌보게 된다는 사실을 비로소 실감하던 순간이다. 이후 여섯 마리 코끼리가 더 들어옴으로써 우치동물원은 국내에서 코끼리를 가장 많이 보유한 동물원이 되었다.

◆ 2009년 11월, 월동 준비를 위해 코끼리들에게 '부직포 코트'를 입히는 조련사들. 왼쪽이 아피난, 오른쪽이 우왓이다. 코끼리와 함께 온 조련사들은 누구보다도 코끼리에게 헌신적이었다.

↟ 코끼리와 보낸 즐거운 한때. 매일 아침 회진을
돌며 낯을 익힌 덕분에, 코끼리들은 내가 다가
가면 알아보고 반가운 인사를 건넸다.

우치동물원에서 손님을 태우고 '코끼리 타기 체험'을 진행 중인 코끼리와 조련사. 이 체험은 순식간에 광주 시민들 사이에 코끼리의 '존재감'을 각인시켰다. 이 체험의 표어는 '코끼리를 타면 행운이 와요.'였다.

덩치는 커도 엄연히 초식동물인 코끼리. 다행히 우치동물원 뒷산에 갈대의 일종인 신우대가 널려 있어, 대식가 코끼리의 먹을거리 걱정은 덜었다. 보행로 확보를 위해 매해 베어야 했던 신우대를, 코끼리가 온 뒤에는 조련사들이 정기적으로 베어내니, 길도 확보하고 먹이도 구해 일석이조였다.

↑ 2010년 5월, 우치동물원에서 태어난 새끼 코
끼리. 당시 동물원에서는 두 마리 코끼리가 연
이어 무사히 태어났다. 수의사로서 코끼리의
임신과 출산이라는 경이로운 경험을 했던 벅찬
순간이었다.

↓ 엄마 발치에서 잠이 든 새끼 코끼리. 갓 태어
난 코끼리라도 송아지보다 무겁다.

✦ 2011년 7월, '봉이'와 '우리'를 제외한 나머지 아홉 마리 코끼리들이 일본 후지 사파리파크에 매각되어 한국을 떠나야 했다. 코끼리를 이송 상자 안에 넣는 과정은 지난한 작업이었다. 이별을 예감한 코끼리들이 불안에 휩싸였던 탓에, 우리는 작별의 슬픔을 느낄 틈도 없이 이 작업에 매달렸다. 코끼리가 떠나던 날, 나의 훌륭한 코끼리 스승들이었던 조련사들도 우치동물원을 떠났다.

✦ 코끼리 일본 이송을 위해 특별 제작한 상자들. 이 작은 상자 안에서 스무 시간 넘게 버텨야 하니, 코끼리에게도 이민은 여간 고역스러운 일이 아닐 것이다.

↑ 2011년에 광주의 정식 가족이 된 코끼리 봉이와 우리 모녀. 우치동물원이 이 모녀를 전격 구입함으로써, 봉이와 우리는 광주에 그대로 남을 수 있게 되었다. 이 두 코끼리가 남아 주어 나로서는 무척 다행스러웠지만, 코끼리들에게 동료들이 떠난 빈자리는 무엇으로도 채울 수 없을 것이다.

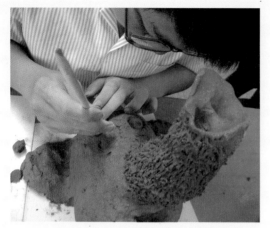

◆ 2009년부터 우치동물원에서 코끼리들은 시각 장애 아이들과 함께 '장님코끼리만지기' 프로그램을 진행했다. 아이들은 동물원을 방문해 코끼리를 직접 만져본 뒤 그 느낌을 미술 작품으로 표현해냈다. 찰흙으로 코끼리 작품을 만들고 있는 인천혜광학교 학생의 모습. 코끼리 코의 까끌까끌한 촉감이 선명하다.

제목 | 대전 코끼리(왼쪽), 강원 코끼리(오른쪽)
작가 | 대전맹학교 학생과 아티스트 공동 작업(왼쪽, 2010년), 강원명진학교 학생과 아티스트 공동 작업(오른쪽, 2011년)

♠ '장님코끼리만지기' 프로그램에서는 여러 아이들이 만든 작품 중, 매해 한 작품씩을 선정해 학생들과 예술가들의 공동 작업을 통해 대형 작품으로 만든다. 커다란 코끼리 작품 제작에 참여하는 것은 그 자체로 아이들에게 또 하나의 창의적 도전의 기회이자 품 안의 크기를 벗어나는 '스케일 감각'을 키우는 계기가 된다. 이 작품들은 우리 코끼리들이 한국 사회에 남긴 가장 귀한 선물일 것이다.

제목 | 기형 코끼리
작가 | 청주맹학교 학생과 아티스트 공동 작업(2012년)

제목 | 인천 코끼리
작가 | 인천맹학교 학생과 아티스트 공동 작업(2009년)

제목 | 물과 풀이 좋은 곳으로 가다
작가 | 엄정순
재료 | Acrylic oilstick Paper
크기 | 520x230cm
제작년도 | 2013년

우리 코끼리들과 귀한 인연을 맺었던 엄정순 작가는 코끼리가 주는
영감을 가지고 두 가지 작업을 하고 있다. 한반도의 코끼리 역사를
중심으로 한 '세종코끼리프로젝트'와, 시각 장애 학생들과 작업하는
아트 프로그램 '장님코끼리만지기'이다.

이 회화 작품은 600여 년 전 한반도에 처음 들어와서 비극적 삶을 살다
간 첫 번째 코끼리를 소재로 한 대형 드로잉이다. 코끼리에게 한반도는
낯설고 차가운 환경이었을 테지만, 사람들에게도 코끼리는 낯설고 거대한
이방의 동물이었다. 한반도에 들어온 코끼리를 돌보는 것은 사람들에게
큰 부담과 원망이 되었다. 그 코끼리를 없애달라는 상소가 빗발치자
세종대왕은 이런 당부를 했다.

"물과 풀이 좋은 곳을 가려서 이를 내어놓고, 병들어 죽지 말게 하라."
글로벌 시대에 살고 있는 우리도 누군가에게는, 어딘가에서는 바로
코끼리와 같은 존재가 된다. 그러니 세종의 당부는 21세기에도 여전히
유효한 메시지이다.

나에게는 꿈이 있다. 전국의 농부들이 기상 캐스터가 되어서 일기예보를 하는 것이다.(실제로 지금 하고 있기도 하다.) 또 전국의 동물학자나 가축을 기르는 사람들이 사랑학 개론 강연을 하는 것이다.(이건 아직 못하고 있다.) 만약 이것을 할 수 있다면 난 이 책의 저자들을 반드시 초대하고 싶다. '5톤짜리 코끼리를 사랑한다는 것에 대해서' 또 듣고 싶다. 그러면 우리는 이주 동물인 코끼리의 고향, 감정, 두려움, 자유, 고통에 대해 더 잘 알게 될 것이고 아끼고 사랑하게 될 것이다.

책을 읽다가 아기 코끼리가 태어날 때 조금 울었다. 나는 코끼리가 새끼를 한 마리만 낳는다는 것을 알고 있었다. 태어남은 외로웠다. 홀로 외롭게 태어난 생명이 잘 살아가려면 수많은 다른 생명체의 사랑이 필요하다. 인간과 다를 바가 없다. 사랑의 힘으로 쓴 이 글을 읽고 났더니 코끼리의 묵직한 발자국 소리가 들리는 것 같다. 코끼리들이 향기로운 나무 그늘 아래로 뛰어가고 있는 것 같다. 물론 우리의 수의사는 옆에서 "안녕, 행복해야 해."하면서 손을 흔들고 있을 것이다.

—정혜윤(CBS 피디, 서평가)

오늘날 동물원이 더 이상 사람들의 눈요기가 아닌 야생동물 보호 센터로서의 기능을 강조하면서 동물원에도 동물 복지 바람이 불고 있다. 코끼리는 그중에서도 가장 까다로운 동물이다. 넓은 면적을 요하는 덩치 큰 코끼리가 동물원 환경 속에서 살아간다는 것은 동물이나 사람 모두에게 엄청난 인내와 노력을 요구한다. 그런 코끼리가 척박한 한반도에 처음 들어왔을 때부터 오늘날 정착해 새끼를 낳고 키우는 과정까지, 생생한 기록과 증언을 담고 있는 이 책은 동물원의 소중한 자료이다. 또한 많은 사람들이 코끼리를 배려와 헌신의 눈으로 바라볼 수 있게 해준다. 누군가는 했어야 할 이야기를, 정 많고 지솔한 수의사의 경험과 필체로 담아내 귀한 작품이다

—조경욱(수의사, 서울 어린이대공원 동물부장)

운명처럼 우리 곁에 온 코끼리들

2005년 4월 20일. 그날도 나는 여느 때처럼 광주의 우치동물원으로 출근했다. 아마 출산 준비를 하는 초식동물들을 돌보며 하루를 보냈을 것이다. 초식동물들은 봄에 새끼를 낳는 경우가 많기 때문이다.

그날 서울에서는 덩치 큰 초식동물 때문에 한바탕 소동이 벌어졌다. 대낮에 어린이대공원에서 코끼리들이 탈출해 도로 한복판을 휘젓고 돌아다닌 것이다. 나는 이 소동을 저녁 뉴스를 보고서야 알게 되었다. 심각하게 받아들이지는 않았다. 그저 '서울 사람들이 좀 놀랐겠네.' 하고 생각했다. 덩치는 커도 천성이 순한 코끼리가 사람에게 위협을 가했을 리 없었다. 동물원 종사자들끼리의 동업자 의식이 발동되었는지 코끼리보다는 공원 직원들의 안부가 더 걱정되었다. '언론 상대하느라 공원 측에서 곤욕을 치르겠구나.' 하는 생각만 자연스레 떠올랐다.

마음 한구석에서는 은근히 부러운 마음도 있었던 것 같다. 당시 내가 몸담고 있던 광주의 우치동물원에는 개원 이후 한 번도 코끼리가 없었다. 코끼리를 들이기 위해 여러 번 시도했으나 번번이 실패로 돌아갔던 터라 코끼리 탈출 소동마저도 부러울 따름이었다. 그때만 해도 탈출 소동을 둘러싼 자세한 정황은 잘 몰랐거니와, 소동의 주인공인 코끼리들과 내가 어떤 인연으로 맺어질지도 전혀 알지 못했다.

이 책은 바로 그 열 마리 코끼리들의 이야기를 담고 있다. 본래 라오스에서 태어났다가 우연히 우리나라로 오게 된 이 코끼리들이 우리나라에 머문 기간은 2003년부터 2011년까지 총 9년. 짧다면 짧고 길다면 긴 이 시간 동안 코끼리들은 많은 이야기를 만들어냈다. 전국을 떠들썩하게 한 탈출 사건은 그중 일부일 뿐이다.

나는 수의사로서 2008년부터 이 코끼리들을 동물원에서 돌보는 영광을 누렸다. 감히 운명이라고 말하고 싶다. 큰 동물이 좋아서 야생동물 수의사가 되고 싶었던 나에게 코끼리들은 어느 날 갑자기 운명처럼 나타났다. 야생동물이 드문 우리나라에서 코끼리를 직접 진료하는 것이란 얼마나 귀한 경험인가. 선물처럼 내 곁으로 온 코끼리들은 나를 그런 특별한 수의사가 되게 해주었다. 이것만으로도 과분할 지경인데 코끼리들은 새끼를 낳아 출산의 환희와 감동까지 선사해주었다.

하지만 누군가 코끼리들도 이곳에서 지내는 동안 나처럼 즐겁고 행복했었느냐고 묻는다면, 선뜻 그렇다고 대답하지는 못하겠다. 우리 곁에 온 이 커다랗고 귀한 동물들에게 우리는 어떤 운명을 선사했을까. 우리는 이 동물들과 어떤 관계를 맺어왔을까. 바다를 건너온 코끼리들이 맞닥뜨려야 했던 삶은 이방인에 대한 편견과 이주 노동자의 고달픔이 뒤섞인 것이기도 했다. 그래도 그 힘겨운 적응의 과정 속에는 우리가 코끼리와 마침내 따뜻한 교감을 나누는, 반짝거리는 순간들이 있었다. 그것은 코끼리들이 나뿐만 아니라 다른 여러 사람들에게 나누어준 선물이기도 하다.

그런 순간들을 기록하고 싶은 것이, 처음 이 책을 쓰겠다고 마음먹은 이유였다. 코끼리들이 이 땅에서 경험한 것들과, 우리가 이 낯선 동물들과 교감했던 아름다운 순간들을 보다 많은 사람에게 보여주고 싶었다. 특히 이 코끼리들은 한국에는 드문, 잘 훈련된 코끼리였던 덕분에 훨씬 더 많은 사람들과 특별한 경험을 나눌 수 있었다. 코끼리들은 세상에서 가장 큰 동물에 환호하는 많은 사람들을 등에 태워주기도 했고, 각종 영화와 드라마와 광고에 출연해 활약하기도 했으며, 시각장애 학생들과 함께 근사한 미술 작품을 만들기도 했다.

이 코끼리들이 우리나라에 온 많은 이주 동물들의 삶을 대변하고 있다는 것은 이 책을 쓰겠다고 마음먹은 또 다른 이유였다. 우리나라에는 코끼리뿐만 아니라 수많은 이주 동물들이 있다. 이른바 글로벌 시대에는 사람뿐만 아니라 동물들도 바다를 건너 우리나라에 이주해 정착한다. 물론 특이한 동물에 대한 인간의 호기심 때문이다.

우리나라에서 두 번째로 큰 동물원에서 오랫동안 일하면서, 나는 기린부터 하마, 사막여우까지 국경을 넘어온 수많은 이주 동물들을 돌보아왔다. 비록 동물원이라는 제한된 공간에서나마 이 동물들에게 따스한 안식처를 만들어주고 천수를 누릴 수 있도록 돕는 것은 나의 가장 중요한 업무이자 존재의 이유였다. 아프리카 밀림부터 사바나까지, 저마다 자기의 고유한 고향을 잃고 떠나온 이 동물들에게 우리는 어떻게 또 다른 고향이 되어줄 수 있을까.

코끼리는 이주 동물 중에서도 가장 크고 가장 낯설고 가장 기이한 동물이다. 그만큼 사람들에게 인기를 얻지만 그만큼 돌보는 데에 많은 수고를 필요로 한다. 이 코끼리들이 어렵사리 한국에 정착했다가 다시 떠나가는 과정은 다른 이주 동물들의 터전을 고민하는 데에도 도움이 되리라 생각했다.

코끼리의 이야기들을 맞추어가면서 나는 우리 스스로의 모습을 들여다보는 듯한 느낌을 받았다. 우리는 누구나 어느 순간에는 이방인이 된다. 코끼리를 우리 곁에 온 이방인으로 본다면, 이 책에 담긴 코끼리들의 이야기는 우리의 모습을 비추는 거울이 될 수 있겠다.

이미 몇 권의 책을 세상에 내놓은 경험이 있음에도, 이 책을 쓰는 과정은 조금 더 힘들었다. 내가 코끼리들을 만나기 이전의 이야기들을 찾아내야 했기 때문이다. 그래서 글을 쓰는 내내 '이 코끼리들을 조금이라도 더 일찍 알았더라면……' 하는 아쉬움이 마음에서 떠나지 않았다. 이 부분에 대해서는 이 책을 함께 쓴 김서윤 작가가 꼼꼼한 자료 조사와 인터뷰 진행으로 힘을 보태주었다. 책은 나의 관점으로 쓰여 있지만 문장 곳곳에는 김서윤 작가의 노고가 스며 있다. 또 나보다 먼저 코끼리들을 만난 코끼리월드의 김인옥 회장님과 정경영 이사님은 이 기록 작업의 의미에 공감해주고, 많은 이야기를 아낌없이 들려주었다. 이분들의 노고와 애정이 없었다면 이 책은 완성될 수 없었을 것이다.

이 책의 이야기가 풍성해질 수 있었던 것은 코끼리를 돌보고 아꼈던 많은 분들 덕분이다. 캄텐, 우왓, 캄폰 등 현지 출신 조련사들은 24시간 내내 코끼리를 위해 살다시피 했을 뿐 아니라, 말도 잘 통하지 않는 내게 많은 것을 가르쳐주었다. 코끼리에 관한 한 이들만큼 훌륭한 스승도 없었다.

시각 장애 학생과 예술가 들이 함께하는 아트 프로그램 '우리들의 눈'을 이끄는 엄정순 작가도 코끼리들의 또 다른 친구이다. 엄 작가는 '장님코끼리만지기' 프로그램을 기획하고 헌신적으로 진행함으로써 학생들과 코끼리, 그리고 나를 이어주었다. 엄 작가는 물론, 이 프로그램에 참여한 여러 선생님과 자원봉사자 여러분 모두에게 감사의 인사를 전한다.

SBS 「동물농장」 팀도 빼놓을 수 없다. 발 빠른 추진력으로 나를 놀라게 했던 제작진들은 코끼리 출산에 깊은 관심을 가지고 오랜 시간 끈기 있게 촬영해 마침내 새끼 코끼리가 태어나는 전 과정을 화면에 오롯이 담아주었다. 출산 이전에 코끼리 임신 진단을 할 방도를 찾지 못해 애태울 때는 최영민 수의사님이 큰 도움을 주었다. 온 힘을 다해

25

도와주었던 최 수의사님에게도 감사드린다.

당연한 이야기이지만, 우리 코끼리들은 이 땅에 들어온 최초의 코끼리는 아니다. 이미 조선 시대 때부터 코끼리에 대한 기록이 간헐적으로 등장한다. 이 기록은 내가 코끼리를 대하는 태도를 성찰하는 데에 많은 도움이 되었다. 지금도 코끼리를 돌보자면 이토록 힘이 들고, 난감한 순간에 자주 맞닥뜨리게 되는데, 수의학 지식이 지금보다 훨씬 더 부족했던 그 시절, 얼마나 많은 민초들이 코끼리를 돌보느라 고생했을까. 그것을 생각하니 나보다 먼저 코끼리를 돌보았을, 기록에는 이름이 남아 있지 않는 여러 조상들과도 모종의 공감대가 싹트는 느낌이다. 이 모든 분들에게 감사의 말씀을 올린다.

이 글을 세상에 선보이게 해준 출판사 반비의 김선아 편집자를 포함한 여러 출판사 관계자 분들, 책보다 먼저 코끼리 이야기를 세상에 소개해준 《광주드림》 채정희 편집장을 비롯한 기자 분들에게도 감사드린다. 마지막으로, 때로 지루할 수도 있었을 내 이야기에 귀를 기울여주고 용기를 북돋아준 우리 가족에게 무한한 감사를 전한다.

특히 우리 코끼리들에게 감사하고 또 감사한다. 코끼리들을 만나기 전의 나와, 만난 이후의 나는 완전히 다른 사람인 것 같다. 그만큼 코끼리들은 내게 특별한 존재이다. 수천 번 감사하다고 반복한다 한들 내 마음을 전하기에는 부족할 것이다.

앞으로도 우리나라에는 이 코끼리들 말고도 수많은 이주 야생동물이 찾아올 것이다. 우리 코끼리들이 이 땅에서 지나간 길이, 이

후 우리나라에 올 다른 이주 동물들에게 하나의 훌륭한 길이 되기를
바란다. 그 길을 다지는 데에 이 책이 조금이라도 기여하기를 바라는
마음이다.

저자를 대표해서
광주에서 최종욱

차례

1장

코끼리,
영원한 이방인의 발자국

1. 이름만 들어도
설레는 동물

아시아 코끼리(Asian Elephant)

우리 동물원에도 드디어 코끼리가 들어왔습니다! 동물원 개원 30년이 넘는 동안 코끼리 없는 동물원으로 지내온 저희 동물원과, 동물원을 사랑하는 광주 시민들로선 정말 경사가 아닐 수 없습니다.

코끼리는 잘 아시다시피 지구상의 육상 포유동물 중에서 가장 크고 무거운 동물로 명실공히 '동물의 왕'이라 할 수 있습니다. 코끼리는 크게 두 종류가 있는데 아시아 코끼리와 아프리카 코끼리입니다. 이들은 귓바퀴 모양, 야생성, 서식지 등에서 약간씩 다른 특징을 보이지만 공통 조상으로부터 나와서 환경적인 진화를 한 것뿐입니다. 두 코끼리 공히 가족애가 깊고 모계 중심의 무리 사회를 형성하여 여성 특유의 섬세함과 평화로움으로 조직을 이끌어나갑니다. 특히 아시아 코끼리는 난폭하지 않아 사람들이 오래전부터 길들여왔습니다. 평상시엔 노역용으로, 전시엔 전투용으로 희생되기도 했지만 또한 신적인 동물로 추앙받기도 합니다. 지금은 일부 야생화된 코끼리를 제외하면 대부분 관광용으로 코끼리 타기나 코끼리쇼 등에 이용되고 있습니다. 사실 동물원 사람으로선 코끼리의 그런 모습을 보면 재미에 앞서 안타까움이 먼저 다가옵니다.

우치동물원의 코끼리들은 전적으로 우리 동물원 소유는 아니지만 우리 동물원에 들어온 이상 정말 우리 동물처럼 여기고 대하는 게 당연한 예의라고 생각합니다. 시간이 나시면 꼭 자녀와 부모님의 손을 잡고 비교적 저렴한(1인 최대 1500원) 동물원으로 나들이 오셔서 바로 눈앞에서 보고 만질 수 있는 코끼리들을 만나보시기 바랍니다.

아시아 코끼리

– 학명: Elephas maximus

– 분류: 장비목 코끼리과

– 크기: 몸길이 5.5~6.4미터, 어깨높이 2.5~3미터, 몸무게 3~5톤

– 수명: 60~70년

– 분포: 인도와 수마트라 섬과 보르네오 섬을 포함한 아시아 남동부, 관목림이나 밀림

- 임신 기간: 18~22개월, 한 배에 한 마리 낳음
- 먹는 것: 나뭇잎, 열매, 나무껍질, 관목 등

코끼리, 정말 이름만 들어도 설레는 동물이다. 보기만 해도 신비한 동물이다. 회색의 거대한 몸이 마치 시골 사람이 도시에 와서 마천루를 처음 대할 때의 기분 같은 것을 느끼게 한다. 거기다 다른 동물에서 볼 수 없는, 자유자재로 움직이는 긴 코와 부채처럼 펄럭이는 귀, 거대한 상아까지! 코끼리는 석양녘의 바다처럼 그저 바라만 봐도 든든하고 좋은 느낌으로 마음이 가득 차는 동물이다. 동물원에 다른 동물들도 많은데 왜 유독 코끼리에 환호하느냐고 물으면 대답하기가 참 곤란해진다. 힘들게 왜 굳이 산에 올라가느냐는 질문과 비슷하달까?

6년 전, 내가 일하는 우치동물원에 코끼리가 처음 들어왔을 때 나는 꼭 세상을 다 얻은 것처럼 기뻤다. 그렇게 좋을 수가 없었다. 코끼리를 들여오기로 계약하고 나서도, 정말 실어올 때까지 긴가민가했는데 막상 데려다 놓으니 믿기지 않을 정도로 황홀했다. 그동안 다른 동물원에 갈 때면 겨우 한두 마리가 있는 코끼리 우리 앞에서도 오래도록 서성대곤 했는데 우치동물원에는 무려 아홉 마리나 한꺼번에 들어왔다. 비록 우리 동물원 소유는 아니었지만 그런 것은 아무래도 좋았다. 일단 우치동물원에 터를 잡은 이상 아프면 수의사인 내 손이 필요할 것이고, 관람객들도 원 없이 코끼리를 구경할 수 있을 테니까.

너구나 우리 동물원에 온 코끼리들은 소련이 살뇌어 있는 녁분에,

멀찌감치 서서 바라봐야 했던 다른 동물원의 코끼리들과는 차원이 달랐다. 만질 수도 있고 탈 수도 있다! 지구상에 아직 코끼리가 남아 있는 것, 그리고 우리 동물원에 코끼리가 들어온 것이 모두 축복받을 일이라는 생각이 들었다.

기쁜 마음에, 코끼리가 들어온 뒤 광주 시민에게 이 사실을 알리고 동물원으로 초대하는 글도 앞에서와 같이 내가 직접 작성해서 동물원 홈페이지에 게시했다. 지금 다시 읽어보니, 흥분이 채 가라앉지 않은 것이 선명하게 보인다.

그 이후 코끼리와 수년 동안 부대낀 지금도, 나는 코끼리만 보면 설렌다. 나뿐만 아니라, 코끼리들은 우치동물원 관람객들에게 가장 인기 많은 동물이었다. 코끼리는 왜 이렇게 많은 사람들에게 사랑받을까? 굳이 꼽아보자면 몇 가지 이유가 떠오른다.

일단 코끼리가 거대하기 때문이다. 그 어떤 동물도 크기 면에서는 코끼리의 비교 대상조차 될 수 없다. 거대한 것은 늘 인상적이고 매력적이다. 사람들이 에베레스트 산을 오르고, 바다를 동경하고, 항공모함을 보고 싶어 하는 것과 다르지 않다. 이는 본능에 가까운 마음이 아닐까? 지상에서 가장 크고, 가장 무거운 동물인 코끼리는 인간의 이 본능적인 호기심을 움직인다.

또 코끼리는 특이하게 생겼다. 사람들은 거대한 것 못지않게 특이한 것을 좋아한다. 코끼리는 세상에서 제일 특이하다. 세상 어느 동물도 코끼리와 닮지 않았다. 특히 코가 그렇다. 코끼리 코는, 코라는 것에 대한 상식을 완전히 뒤엎는다. 코의 가장 중요한 기능은 숨을 쉬는 것이지만 코끼리에게는 그것이 다가 아니다. 코끼리 코는 손이자, 말하는 입이자, 물과 음식을 빨아들이는 진공 호스이다. 어떤 동물도 갖지 못한 코끼리만의 독특한 코는 절대 코끼리를 그냥 지나칠 수 없게 만든다.

아무리 크고 특이한 동물이라도, 성질이 사납다면 곁에 두고 보고 싶지 않을 것이다. 만약 덩치 큰 코끼리가 사납기까지 했다면 코끼리는 인간에게 제1의 위험 동물이 되어 있을 것이다. 하지만 코끼리는 초식동물답게 꽤 순하다. 그래서 오랜 세월 동안 인간과 공존할 수 있었다. 게다가 코끼리는 제법 영리해서 훈련까지 가능하다. 순하고 영리하니 코끼리는 고대부터 귀족들의 탈것은 물론 벌목장의 일꾼으로, 전쟁터의 전투 요원으로 쓰이며 인간의 궂은일을 도맡아 해주었다. 불교에서는 그런 '희생적인' 코끼리를 기려 자비의 상징으로 여기기도 한다.

이런 특징들에 더해, 우리나라에서 코끼리가 사랑받는 이유에는 한 가지가 더 있다. 코끼리가 낯설기 때문이다. 코끼리는 본래 우리나라에서 서식하는 동물이 아니다. 거대하고 특이한데 낯설고 이국적이기까지 하니, 사람들의 마음을 한눈에 사로잡는다. 나 역시 거대한 아프리카 밀림이나 사바나를 연상케 하는 코끼리의 모습에 늘 압도되곤 한다.

하지만 바로 그 낯섦 때문에, 우리는 코끼리에 환호하면서도 코끼리와 좋은 관계를 맺어오지는 못했다. 그간 우리나라를 나너간 코끼리들의 발자취를 보면, 우리가 코끼리를 환대하는 데에 얼마나 서툴렀는지 알 수 있다.

내가 사랑하고 아꼈던 코끼리들의 이야기를 하기 전에, 우선 그보다 먼저 우리나라에 들어왔던 코끼리들의 발자취를 살펴보고자 한다. 이들이 앞서 만들어둔 길을 따라, 우리 코끼리들이 들어왔기 때문이다. 우리나라에 온 코끼리들의 역사는 무려 500여 년 전으로 거슬러 올라간다.

2.　최초의 코끼리,
　　섬으로 귀양 가다

어쩌면 코끼리는 아주 오래전에, 신라 시대 때에 우리나라에 들어왔을지도 모른다. 『삼국사기』에 이런 대목이 나오기 때문이다.

> 소같이 생긴 이상한 짐승이 있는데, 몸은 길고 높으며 꼬리의 길이가 석 자 가량이나 되고 털은 없고 코가 긴 놈이 현성천에서 오식양으로 향하여 갔습니다.

통일신라 소성왕 때인 799년의 기록이다. 여기에 묘사된 대로 머릿속에 그림을 그리다 보면 영락없이 코끼리가 떠오른다. 신라는 당나라, 일본은 물론 이슬람과도 교류했다고 하니 그 활발한 무역의 와중에 어느 코끼리 한 마리가 신라 땅에 발을 디뎠던 것은 아닐까? 신라 사람들은 이 기이한 동물을 보고 무슨 생각을 했을까? 이것 외에 다른 기록이 없으니 저 '코가 긴 놈'이 코끼리가 확실하다고 단정할 수는 없지만, 정말 무한한 상상력을 불러일으키는 대목이 아닐 수 없다.

코끼리가 우리 역사에 확실하게 등장하는 것은 그 후 수백 년이 흘러 조선 시대에 들어와서이다. 1411년에 쓰인 『조선왕조실록』에 이런 대목이 나온다.

> 일본 국왕 원의지가 사자를 보내어 코끼리를 바쳤으니, 코끼리는 우리나라에 일찍이 없었던 것이다. 명하여 이것을 사복시에서 기르게 하니, 날마다 콩 4, 5두씩을 소비하였다.(태종 11년 2월 22일)

여기서 일본 국왕 원의지는 아시카가 막부의 4대 쇼군 아시카가 요시모치를 가리킨다. 일본을 통해 우리나라에 코끼리가 들어온 것이다. 그런데 일본도 본래 코끼리가 서식하는 곳은 아니다. 그럼 이 코끼리들의 진짜 고향은 어디였을까?

1408년 6월 22일에 남만, 즉 오늘날 동남아 지역에서 온 선박이 말 한 마리, 공작과 앵무새 각 두 쌍, 코끼리 한 마리를 싣고 일본 와카사 지방에 도착했다. 이 선박은 표류되어 온 것이라는 설도 있고 일본의 쇼군에게 동물들을 선물하러 일부러 온 것이라는 설도 있다. 아무튼 코끼리를 실은 배가 일본 항구에 닿았다.

일본 땅에 내린 코끼리는 쇼군에게 바쳐지기 위해 당시 일본의 수도인 교토까지 가야 했다. 72킬로미터나 되는 먼 길이었다. 하지만 막상 도착하고 보니, 쇼군은 이 코끼리를 전혀 맘에 들어 하지 않았다. 코끼리가 까맸기 때문이다. 일본에서는 코끼리를 불경에 나온 대로 흰색 동물이라 상상해왔는데 이 코끼리는 '불경스럽게도' 너무 까맸던 것이다. 쇼군은 별로 맘에 들지 않는 코끼리를 궁의 한 귀퉁이에서 대충 사육하게 했다. 그러다 정권 강화를 위해 조선의 팔만대장경 판본이 필요해지자, 막부는 조선에 판본을 요구하면서 그 대신 코끼리를 보내기로 한다. 일종의 동물 외교였던 셈이다.

코끼리는 다시 배에 실려 머나먼 조선 땅으로 가게 된다. 때는 1411년 2월, 한반도에 기록 역사상 최초의 코끼리가 발을 디딘 것이다. 이런 사연 때문에 공교롭게도 일본과 조선은 기록상의 최초의 코끼리가 서로 동일해졌다.

그런데 조선에서도 코끼리는 별로 대접받지 못한 것 같다. 조선 사람들에게 코끼리란 신기하기는 해도, 어떻게 길러야 할지 도무지 알 수 없는 동물이었기 때문이다. 그래도 외교 선물인 만큼 이 코끼리를 사복시에서 맡아 기르도록 했다. 사복시는 궁중의 가마와 목장, 말 등을 관리하던 관아이다. 코끼리를 받기 전에 일본에서 원숭이도 선물받은 적이 있는데, 이때도 사복시에서 잘 길러낸 경험이 있었다. 하지만 코끼리의 생태에 대해 알려진 바가 전혀 없었을 때니 아마도 코끼리는 말처럼 키워졌을 것이다.

문제는 코끼리가 말이나 원숭이와는 급이 다른 동물이라는 것이다. 특히 코끼리의 먹성은 조선 사람들의 상상을 초월했다. 실록에는 코끼리의 먹이양이 구체적으로 기록되어 있는데 무려 콩 서너 말, 즉 70~90리터 정도이다. 사람도 먹을거리가 풍족하지 않던 시절에 날이면 날마다 이만큼의 콩을, 그것도 단 한 마리의 동물이 먹어치우니 사복시에서는 여간 곤혹스럽지 않았을 것이다.

게다가 바로 그 이듬해인 1412년에 코끼리는 살인 사건에 휘말린다. 지금의 국토부장관쯤 되는 공조전서 이우라는 이가 심심하던 차에 코끼리를 구경하러 사복시를 찾아왔던 모양이다. 알려진 바에 따르면 이우는 코끼리의 모습이 추하다며 비웃고 침을 뱉기까지 했다. 그러자 화가 난 코끼리는 이우를 그만 밟아 죽이고 말았다. 대사건이었다.

비록 이우가 코끼리를 비웃었다고 해도 코끼리가 사람 말을 알아듣고 성을 냈을 리는 없다. 수의사로서 추측해보건대, 아마도 그 코끼리는 수컷이었고 마침 그때 발정기였던 것 같다. 수컷의 양쪽 눈 옆에 있는 측두샘이 부풀어오르며 끈적끈적한 검은 물질을 분비하면 발정기라는 신호다. 발정기는 1년에 한 번, 두세 달 정도 지속된다. 코끼리는 초식동물이라 기본적으로 온순한 성질이지만 발정기를 맞은 수컷은 호르몬의 작용으로 흥분 상태가 된다. 야생에서는 코뿔소 같은 큰 동물까지 공격하기도 한다. 아마 이런 민감한 시기에 이우가 코끼리를 자극했던 것이 아닐까 한다.

그래도 외교 선물이라는 귀한 신분이니 어찌어찌 넘어갈 수도 있었으련만 코끼리는 얼마 안 되어 또다시 사람을 죽이는 사고를 친다. 이 희생자는 이름조차 기록되지 않은 것으로 보아 평민이나 노비쯤으로 짐작된다.

일이 이렇게 되자 1413년 병조판서 유정현이 태종에게 청한다.

"일본 나라에서 바친 바, 길들인 코끼리는 이미 성상의 완호하는 물건도 아니요, 또한 나라에 이익도 없습니다. 두 사람이 다쳤는데, 만약 법으로 논한다면 사람을 죽인 것은 죽이는 것으로 마땅합니다. 또 1년에 먹이는 꼴은 콩이 거의 수백 석에 이르니, 청컨대 주공이 코뿔소와 코끼리를 몰아낸 고사를 본받아 전라도의 해도에 두소서."

『맹자』에 따르면 주나라의 정치인 주공이 호랑이, 표범, 코뿔소, 코끼리를 멀리 쫓아내자 천하가 크게 기뻐했다고 한다. 유정현의 말에 태종은 웃으면서 그대로 따랐다고 실록은 전하고 있다. 그렇게 코끼리는 전라도의 작은 섬으로 보내졌다. 오늘날 보성군 앞바다에 있는 작은 섬, 장도였다. 일종의 귀양이었던 셈이다.

귀양 간 코끼리의 삶은 한양에 있을 때보다 훨씬 험난해졌다. 일단 섬에는 코끼리에게 적당한 먹이가 거의 없었다. 코끼리는 급기야 먹기를 거부하고 점점 말라갔다. 장도로 내려간 지 약 반년 만에 코끼리는 다시 실록에 등장한다. 1414년, 이번에는 전라도 관찰사가 보고를 올렸다.

"길들인 코끼리를 순천부 장도에 방목하는데, 수초를 먹지 않아 날로 수척하여지고, 사람을 보면 눈물을 흘립니다."

동남아 내륙의 열대우림이 고향인 코끼리에게 수초는 영 입맛에 맞지 않았을 것이다. 코끼리의 처지를 불쌍히 여긴 태종은 다시 코끼리를 육지에 내보내 처음과 같이 기르게 했다. 코끼리를 둘러싼 난리 법석은 한동안 가라앉은 듯하다가 세종 2년인 1420년에 전라도 관찰사가 또 청을 올리면서 다시 불거졌다.

"코끼리란 것이 쓸데에 유익되는 점이 없거늘, 지금 도내 네 곳의 변방 지방관에게 명하여 돌려가면서 먹여 기르라 하였으니, 폐해가 적지 않고 도내 백성들만 괴로움을 받게 되니, 청컨대 충청, 경상도까지 아울러 명하여 돌아가면서 기르도록 하게 하소서."

한마디로 전라도만 애먹는 것이 억울하니 옆 동네들과 고생을 나누게 해달라는 말이었다. 세종이 곤룡포를 입고 앉아 있긴 해도 실질적인 권력은 여전히 정정한 상왕 태종이 가지고 있던 때였다. 태종은 전라도 관찰사의 청을 들어주었다.

그런데 그 후 3개월도 채 지나지 않아 이번에는 충청도 관찰사가 하소연을 했다. 코끼리가 또 사람을 죽인 것이다.

"공주에 코끼리를 기르는 종이 코끼리에 채여서 죽었습니다. 그것이 나라에 유익한 것이 없고, 먹이는 꼴과 콩이 다른 짐승보다 열 갑절이나 되어 하루에 쌀 두 말, 콩 한 말씩이온즉, 1년에 소비되는 쌀이 마흔여덟 섬이며, 콩이 스물네 섬입니다. 화를 내면 사람을 해치니 이익이 없을 뿐 아니라 도리어 해가 되니, 바다 섬 가운데에 있는 목장에 내놓으소서."

육지로 돌아와 그나마 살 만해졌는데 다시 섬으로 가라니, 코끼리 입장에서는 환장할 노릇이었을 것이다. 하지만 백성들 눈에 코끼리는 곡식을 축내는 것도 모자라 자꾸만 인명 피해까지 내는 골칫덩어리였다. 그래도 세종은 이 기이한 동물에게 측은지심이 있었던 것일까? 충청도 관찰사의 청을 들어주면서도 이렇게 당부했다.

"물과 풀이 좋은 곳을 가려서 이를 내어놓고, 병들어 죽지 말게 하라."

이것이 우리나라에 온 첫 번째 코끼리에 대한 마지막 기록이다. 짧고도 기구한 생이었다. 과도한 먹성과 '괴팍한' 성격 때문에 낯선 나라에서 제대로 정착하지 못하고 여기저기 귀양만 다니던 코끼리는 무사히 제 수명대로 살다 생을 마쳤을까? 아니면 마지막 기록 이후 얼마 못 가 외로운 고도에서 단식으로 생을 마감했을까?

『조선왕조실록』의 기록을 들여다볼 때마다 나는 여러 가지 궁금증에 휩싸인다. 기록 자체가 너무 간략해서 군데군데 빈틈이 많기 때문이다. 코끼리가 여기저기 귀양을 많이 다닌 것으로 나오는데, 대체 이 거대한 코끼리를 어떻게 옮겼을까? 지금도 코끼리를 다른 지역으로 이동시키자면 몇 날 며칠 머리를 싸매고 그 방법을 고심하는데, 도구도 마땅치 않았을 옛날 사람들은 어떻게 이동시켰을까? 아마도 짧은 거리는 육로로 걸어서, 먼 거리는 배에 태워서 옮겼을 텐데 배에서 코끼리는 갑판에 있었을까, 화물칸에 있었을까? 전문 조련사 없이는 수송 자체가 불가능했을 텐데, 어쩌면 현지인 조련사가 함께 따라다녔던 것은 아닐까? 먹이는 주로 야생초, 그러니까 갈대나 억새, 부들, 야생초, 칡, 신우대, 죽순, 대나무잎 등이 코끼리 입맛에 훨씬 잘 맞는데 사복시에서는 왜 굳이 소화가 잘 안 되는 쌀과 콩을 먹였을까? 괜히 관리들이 관리하기 싫으니까 핑계를 댄 것은 아니었을까?

그중에서도 가장 의문스러운 점은 이것이다. 이 거대하고 신비로운 동물을 보고 과연 미워하고 귀찮아하는 사람들만 있었을까? 그보다 훨씬 더 많은 사람들이 신기해하고 즐거워했을 것이 분명한데, 어째서 그들의 이야기는 전혀 전해지지 않는 것일까? 비록 기록에서 보듯 관리의 곤란 때문에 여러 사람이 애를 먹기는 했겠지만, 나는 많은 사람들이 코끼리를 보면서 환호했으리라 생각한다.

끝도 제대로 맺지 못한 채 기록에서 사라져버린 코끼리는 그로부터 한참이 지난 구한말에 다시 우리나라에 등장한다. 이때는 이미 일제가 우리나라를 찬탈하고 창경궁을 동물원인 창경원으로 바꾼 때였다. 이번에 코끼리는 단순한 외교 선물로서가 아니라, 제국주의와 근대화라는 거대한 세계사의 흐름에 휩쓸려서 오게 된다.

3. 창경원 코끼리의
비극적인 최후

우리나라에는 순종 3년이던 1909년에 근대적인 동물원이 처음 들어선다. '근대적인 동물원'이라고 표현했지만, 사실 동물원은 그 자체로 매우 근대적인 시설이다. 오늘날 우리에게 익숙한 형태의 동물원은 1752년에 오스트리아 빈의 쇤브룬 궁전에 설립된 쇤브룬 동물원이 그 시초이다.

초기의 쇤브룬 동물원은 코끼리, 낙타, 얼룩말 등 다른 대륙에서 데려온 열세 종의 동물을 정원 이곳저곳에 전시해놓은 정도였다. 비운의 여왕 마리 앙투아네트의 어머니로 잘 알려진, 오스트리아의 마리아 테레지아 여왕은 이 동물들을 구경하며 아침 식사를 하곤 했다고 전해진다. 1765년에 이 여왕의 아들 요제프 2세는 쇤브룬 동물원을 시민에게 무료로 개방했다. 진귀한 동물들을 선보임으로써 왕의 권력 혹은 오스트리아의 국력을 과시하고자 했던 것으로 짐작된다. 그 이후 동물원은 유럽 곳곳에 생겨났고 1800년대에는 다른 대륙으로까지 확산된다.

단순히 철책 우리 안에 동물들을 넣어둔 것에 불과했던 초창기 동물원들은 1907년 하겐베크 동물원 설립을 계기로 달라지기 시작한다. 이 동물원은 독일 출신의 국제적 동물 상인으로 서커스단도 운영하고 있었던 칼 하겐베크(Carl Hagenbeck)가 자신의 이름을 따서 독일 함부르크에 만든 것으로 관목, 바위 등이 철책을 대신했다. 동물들을 자연과 최대한 가까운 환경에서 살게 하려는 하겐베크의 의도가 반영된 설계였다. 세계 동물원 역사에 혁혁한 공을 세운 이 동물 상인은 우리나라의 코끼리 역사에도 중요한 사람이다.

바로 이 하겐바크를 통해 우리나라 최초의 동물원에 코끼리가 오게 되기 때문이다.

세계 곳곳에 동물원이 세워지는 흐름을 타고 1909년에 조선에도 근대적인 동물원이 들어선다. 하지만 굴욕적이게도 이 동물원은 조선이 아닌, 일본의 뜻에 따라 조성되었다. 더욱 굴욕적인 것은 동물원이 조선의 왕들이 거처하던 창경궁 안에 만들어졌다는 것이다.

당시 조선은 숨이 다해가던 나라였다. 대한제국이라는 그럴듯한 새 이름을 내걸기는 했지만 을사조약으로 외교권마저 잃은 마당이니 차마 나라라고 말하기도 민망한 상태였다. 이 해에 일본은 창경궁 안에 동물원과 식물원을 만들어 유원지로 조성했다. 수백 년 된 궁궐 안에 굳이 동물원을 만든 것은 명백히 새로운 지배자로서 일본의 지위를 과시하려는 것이었다. 이 바람에 창경궁 안의 많은 건축물이 훼손되었고 이름도 창경원으로 격하되었다. 1909년 11월 11일, 우리나라 최초의 동물원인 창경원은 이렇게 굴욕 속에 문을 열었다.

처음에 창경원에는 호랑이, 곰, 원숭이 등 72종 361마리의 동물이 있었나. 이 중 코끼리는 없었다. 그리디 1912년 6일에 인도 코끼리 한 마리가 들어왔다. 하겐베크로부터 구입한 코끼리였다. 말로만 듣던 코끼리를 직접 보러 몰려든 사람들로 창경원은 인산인해를 이루었다.

하지만 창경원에 처음 들어온 코끼리의 삶은 평탄하지 못했다. 1924년 6월 5일, 코끼리는 물을 마시려다 갑자기 쓰러졌고 몇 분 동안 경련을 일으킨 끝에 숨을 거두었다.

1925년에 다시 두 마리의 코끼리가 바다를 건너 창경원에 도착했다. 이번에는 하겐베크를 통하지 않고 일본의 동물원에서 온 것으로 추측된다. 더 이상 하겐베크가 관련 기록에 등장하지 않는데다, 이즈음에는 일본에도 동물원이 발달해서 여러 동물 상인들이 활동했기 때문이다. 이 코끼리들은 비교적 평탄한 나날을 보냈다. 물론 당시 동물원 시설은 지금보다도 열악했을 터이니 마냥 평탄했다고 할 수는 없겠지만 적어도 병에 걸리거나 다치지는 않았다. 하지만 그 대신 훨씬 더 잔인한 운명이 코끼리들을 기다리고 있었다.

2차대전이 막바지로 치닫고 히로시마에 원자폭탄이 투하되기 약 열흘 전인 1945년 7월 25일, 창경원의 일본인 책임자가 전 직원을 불러 도쿄에서 온 지시 사항을 전했다.

"사람을 해칠 만한 맹수류는 모두 죽여버려야 한다."

창경원이 폭격을 당해 동물 우리가 망가지면 동물들이 밖으로 뛰쳐나와 사람을 해치게 된다는 것이 그 이유였다. 이미 1943년에 도쿄의 우에노동물원에서도 같은 이유로 코끼리를 비롯한 여러 동물이 몰살된 적이 있었다. 이번에는 창경원 차례였다. 전쟁의 소용돌이 속에서 동물들의 목숨도 위태로워지고 말았다.

직원들은 하는 수 없이 독약을 받아 동물들의 저녁 식사에 섞었다. 그날 밤 먹이를 받아먹은 150여 마리의 동물들이 영문도 모른 채 울부짖으며 고통스럽게 죽어갔다. 물론 코끼리도 예외는 아니었다. 수많은 동물들이 죽음 앞에서 몸부림치는 소리는 상상만으로도 끔찍하다. 그 소리를 들으며 직원들도 눈물을 흘리지 않을 수 없었다고 전해진다.* 창경원은 하루아침에 동물들의 거대한 무덤으로 뒤바뀌고 말았다. 2차대전의 참화는 그렇게 코끼리의 운명도 뒤바꾸어놓았다.

설혹 이때 용케 살아남았다 해도 코끼리는 또 다른 불행을 피하지 못했을 것이다. 해방의 기쁨도 잠시, 한반도는 6·25 전쟁의 소용돌이에 휩싸이기 때문이다.

4. 삼성이 기증한
최고령 코끼리, 자이언트

6·25 전쟁이 끝난 이듬해인 1954년부터 창경원이 재건되기 시작했다. 전쟁을 거친 뒤, 폐허나 다름없던 창경원은 조금씩 제 얼굴을 찾아갔다. 이를 시작으로 차츰차츰 전국 주요 도시에 동물원이 들어섰다.

---

* 《조선일보》「동물원의 어제 오늘 20년사-상처 지닌 비운의 역사」 (1965.8.14)

1965년에는 부산 동래동물원이, 1970년에는 대구 달성공원동물원이, 1971년에 광주 사직동물원이 문을 열었고, 1976년에는 서울 어린이 대공원의 어린이동물원이, 1979년에는 용인 자연농원의 동물원 사파리가 잇따라 문을 열었다. 특히 1984년에는 창경원을 대신할 서울대공원이 완공되면서 창경원은 창경궁이라는 본래의 이름을 되찾았고, 거기 있던 동물들은 이사를 갔다.

동물원들이 생겨나면서 자연스럽게 각지에서 코끼리를 데려오려는 움직임이 일었다. 전쟁 이후, 처음으로 코끼리를 맞이한 날은 1955년 5월 24일이었다. 이번에는 삼성의 이병철 회장이 태국에서 아시아 코끼리 한 쌍을 구입해 기증했다. 사실 말이 좋아 기증이지, 기업인의 입장에서는 '삥' 뜯기는 기분이었는지도 모른다. 그 뒷이야기가 이러했기 때문이다.

"동물을 사들여 올 돈을 모아야겠는데 돈을 내라고 하면 모두들 싫어할 것 같아 동물을 한 쌍씩 사서 맡기도록 권유했다. (……) 그래서 사자는 값은 쌌으나(그때 한 쌍에 1200달러였다.) 백수의 왕이므로 경제계의 왕인 한국은행에 할당하자 해서 그렇게 했고 이병철 씨에게는 당신이 제일 부자이니 제일 큰 동물을 기증하라고 해서 4000달러짜리 코끼리를 기증하게 했다."*

이것은 후에 상공부장관을 지낸 천우사 사장 전택보의 아이디어

---

* 《동아일보》 「그때 그 일들 <50> 김택보 ⑬ 동물원 재건」 (1976.3.1)

였다. 당시 전택보 사장은 서울시 안에 설치된 동물원재건분과위원회
의 위원장을 맡고 있었다. 정부 예산이 턱없이 모자란 상황에서 값비
싼 동물들을 사 오자니 기업인에게 손을 벌릴 수밖에 없었던 것이다.
지금에 와서 보면 다소 억지스럽기는 하지만 그래도 제일 큰 코끼리를
제일가는 부자에게 기증받는 대목은, 과연 코끼리의 위상에 '걸맞은'
조처 같다.

제일가는 부자가 기증한 제일 비싼 동물 코끼리는 이름도 그에 걸
맞게 '자이언트'라고 붙여졌다. 한국에 도착했을 때 세 살배기였던 수
컷 코끼리 자이언트는 처음에는 창경원에서, 창경원이 창경궁으로 바
뀐 뒤에는 서울대공원으로 이사 가서 살았다.

1971년 3월, 관람객이 주는 비스킷을 향해 긴 코를 내미는 스무 살 자이언트의 모습. 왕년의 자이언트는 봄놀이 나
온 서울 시민들이 가장 보고 싶어 하는 동물원의 마스코트였다.

자이언트는 내 기억에도 남아 있다. 동물원 수의사들은 종종 다른 동물원을 방문하곤 하는데, 서울대공원에 가 보면 코끼리 우리에서 유독 한 마리가 멀찌감치 떨어져 점잖게 코로 흙먼지를 날리면서 서 있었다. 덩치만 보아도 자이언트임을 한눈에 알 수 있었다. 최고참 코끼리다운, 위풍당당한 모습이었다.

하지만 자이언트의 이런 성격은 나쁘게 표현하면 '까다로움'이기도 했다. 자이언트는 사육사를 잘 따랐던 다른 코끼리들과 달리 사람의 접근을 허락하지 않았다. 오랜 동물원 생활에도 야생성이 강하게 남아 있었던 것 같다.

짝을 잃은 슬픔에 자이언트는 더욱 까다로운 성격이 된 것인지도 모르겠다. 자이언트에게는 태산이라는 짝꿍이 있었다. 자이언트보다 두 살 연상이었던 암컷 코끼리 태산이는 서른일곱 살이었던 1987년에 숨을 거두었다. 사망 원인은 노환으로 기록되어 있는데 이는 좀 이상한 부분이다. 코끼리의 수명은 예순 살에서 일흔 살까지라서 서른일곱 살이라면 한창때인데 노환이라니, 잘 이해되지 않는다. 어쨌거나 당시 해부를 맡았던 서울대공원 수의사들은 "해부 결과 태산의 전신 장기가 극도로 위축돼 노쇠 현상을 보였고 몸 전체에 주름살이 많이 가 있었다."고 사인을 밝혔다.* 열악한 동물원 환경이 태산이의 노환을 재촉한 것일까.

* 《경향신문》「최고참 코끼리, 37세로 요절」(1987.1.15)

어쩌면 태산이의 사인은 노환이 아니라 '쇠약'이었을지 모른다는 생각을 지울 수 없다. 코끼리는 민감한 동물이라 무리 안에서 따뜻한 가족애와 동료애를 느끼며 살아야 한다. 불가피하게 무리에서 떨어져 있다면 전문 사육사의 보살핌이라도 받아야 하는데 당시 서울대공원 사정은 이중 어느 것도 여의치 않았을 것이다.

태산이 죽은 뒤, 외롭게 살아가던 자이언트도 2009년 3월에 결국 눈을 감았다. 당시 쉰여덟 살로, 우리나라에 온 코끼리로서는 최고령이었다. 열악한 환경에서도 비교적 천수를 누린 셈이다. 일제강점기에 들어와 전쟁 통에 사라져야 했던 코끼리들에 비하면 그나마 나은 운명이었다고 할 수 있을까.

지금 서울대공원 코끼리 우리 앞에는 코끼리에 대한 설명이 적힌 안내판이 여러 개 세워져 있다. 그중 자이언트에 대한 기록은 보이지 않아 아쉬운 마음이 든다. 아마 죽고 없는 동물이라 따로 안내하지 않은 것일 테다. 그런 사정을 모르는 바는 아니지만, 적어도 자이언트는 그 발자취를 기억해줄 필요가 있지 않을까? 자이언트는 그런 대접을 받을 자격이 있다. 자이언트가 사망했을 때 서울대공원은 동물원 한쪽에 있는 동물 위령비 옆에 추모비를 설치하겠다고 밝혔으나 그 계획은 실행되지 못한 것 같다.

자이언트가 떠난 후 현재 서울대공원에는 다섯 마리의 코끼리가 살고 있다. 1985년에 미얀마에서 온 키마와 칸토 커플, 2003년에 일본에서 온 사쿠라, 2010년에 스리랑카에서 온 가사마와 수셀라 커플이다. 이중 사쿠라만이 짝이 없는 싱글인데, 유독 기구한 사연을 갖고 있다. 나는 아주 오래전부터 사쿠라에 깊은 관심이 있었다.

5. 디아스포라 코끼리, 사쿠라

사쿠라는 올해 마흔일곱 살로, 현재 우리나라에서 가장 나이 많은 코끼리이다. 슬슬 은퇴 준비를 하는 모양인지 요즘엔 내실에 있는 시간이 많아졌다. 서울대공원에 갈 때마다 꼭 찾아가 보는데, 내실에서 지내는 모습이 어딘가 쓸쓸해 보인다.

　사쿠라의 역사를 알고 있는 탓에 더욱 그렇게 보이는지도 모르겠다. 나는 사쿠라를 서울대공원이 아니라 책에서 먼저 만났다. 『코끼리 사쿠라』라는, 사쿠라의 이야기를 담은 책이 있다. 재일 한국인 3세인 김황 작가가 쓴 책으로, 분량이 많지 않은 어린이책이지만 그 내용은 꽤 묵직하다. 일본에서 한국으로 건너간 코끼리의 운명이, 한국과 일본의 경계에 있는 작가 자신의 인생과 닮아 보여서일까? 작가는 사쿠라에 대한 무한한 애정으로 사쿠라의 발자취를 꼼꼼하게 취재해 글로 남겼다. 태국에서 태어나 일본을 거쳐 한국으로 오기까지, 사쿠라의 기구한 인생사가 모두 담겨 있다. 나도 이 책을 통해 사쿠라의 사연을 알게 되었다.

사쿠라의 원래 고향은 태국이다. 태국 코끼리가 일본에 가서 일본 이름을 갖게 된 사연은 이렇다. 일본 효고 현의 다카라즈카패밀리랜드에는 메리라는 이름의 코끼리가 살고 있었다. 메리는 난산 끝에 새끼를 낳았지만 안타깝게도 새끼는 이미 죽은 상태. 남편 코끼리인 솜도 한 해 전 다리에 난 상처가 깊어져 갑작스레 세상을 떠났던 터라 메리의 비극은 더욱 서글펐다.

그런 메리가 죽은 새끼의 몸을 코로 어루만지는 모습이 텔레비전을 통해 방송되자 일본 전역에서 메리를 위로해주자는 여론이 일었다. 다카라즈카패밀리랜드는 고심 끝에 메리를 위해 새끼 코끼리를 해외에서 '입양'하기로 했다. 그래서 태국에서 선택된 코끼리가 바로 1965년생 코끼리 사쿠라였다. 죽은 새끼와 나이가 비슷한 코끼리를 고른 것이다. 그렇게 사쿠라는 생후 몇 달 만에 해외 입양 길에 올랐다. 메리를 위로하고 싶다는 좋은 마음에서 시작된 일이기는 하지만, 그 때문에 태국의 아기 코끼리 한 마리가 영문도 모른 채 고향을 떠나야 했던 것이다.

태국에서 사쿠라에게 무슨 일이 있었는지는 알 수 없다. 친엄마가 죽어 진짜 고아가 되었던 것일 수도 있다. 아니면 일본에서 구매 제의가 오자 멀쩡히 살아 있는 친엄마로부터 강제로 떨어져야 했던 것일 수도 있다. 최악의 경우로는, 야생에서 살다가 코끼리 밀렵꾼에게 수출용으로 생포되었던 것일 수도 있다. 어떤 경우든, 한 살도 채 되기 전에 외국으로 팔려가야 했던 새끼 코끼리의 운명을 생각하면 애잔한 마음뿐이다.

새끼 코끼리가 도착하자 다카라즈카패밀리랜드에서는 이 입양아의 이름을 공모에 붙였다. '계모' 메리의 전국적인 인기에 힘입어 당시 수만 통의 편지가 도착했다고 한다. 공모 끝에 선택된 이름이 바로 어떤 이름보다도 일본적인 사쿠라(さくら, 벚꽃)였다.

사쿠라가 온 이듬해에는 사쿠라보다 한 살 어린 수컷 코끼리 후지도 외국에서 입양되어 새로운 식구가 되었다. 서로 피 한 방울 섞이지 않은 가족이지만 메리는 친엄마처럼 사쿠라와 후지를 보듬었고 사쿠라도 메리를 잘 따랐다. 사쿠라와 메리, 후지는 한 가족이 되어 한동안 오순도순 잘살았다. 시간이 흘러 어른이 된 사쿠라는 자연스럽게 후지와 부부가 되었다. 둘 사이에서 새끼만 태어나면 모든 것이 완벽할 것 같았다.

하지만 사쿠라의 기구한 운명은 여기서 끝나지 않았다. 1990년에 메리가 그만 죽고 만 것이다. 그 충격이 무척 컸던 탓인지, 얌전하던 사쿠라는 성격까지 변했다. 자기 똥을 발로 뻥 차는가 하면 소풍 온 학생들에게 코로 물을 좍 끼얹기도 했다. 4년 뒤인 1994년에는 남아 있던 후지마저 죽는 바람에 사쿠라는 완전히 혼자가 되고 말았다. 무리 생활에서 안정을 찾는 코끼리의 습성을 생각하면 혼자 남은 사쿠라가 얼마나 외로웠을지 짐작이 된다.

외톨이 생활 10년째인 2003년에는 또 다른 시련이 닥쳤다. 다카라즈카패밀리랜드가 경영난으로 문을 닫게 된 것이다. 93종 600여 마리의 동물들은 각각 다른 동물원으로 뿔뿔이 흩어져야 했다. 그런데 사쿠라의 새로운 보금자리를 정하는 것이 영 지지부진했다. 코끼리는 워낙 덩치가 큰 동물이라 누구도 선뜻 맡으려 하지 않았다. 일본 국내에서는 사쿠라를 데려가겠다는 곳이 어디에도 없었다. 다카라즈카패밀리랜드의 사육사와 수의사가 백방으로 알아본 끝에야 간신히 찾은 곳이 한국의 서울대공원이었다. 사쿠라는 두 번째로 원치 않는 '이민'을 가야 할 처지에 놓였다. 외국이긴 해도 받아줄 곳이 있으니, 그나마 다행스러운 일이라고 해야 할까. 사람들의 사정에 따라 번번이 고향을 등져야 하는 짐승의 운명이 다시 한 번 애잔해지는 대목이다.

2003년 5월, 사쿠라는 오사카 난코 항에서 배에 실려 한국으로 왔다. 이미 한 번 고향을 떠난 경험이 있어서인지 사쿠라는 낯선 타지에서도 잘 적응해갔다. 일본에 있을 때보다 몸도 더 건강해졌고, 사람에게 붙임성 있게 다가간 덕분에 인기도 끌었다. 한창 인기가 좋을 때는 서울대공원이 관람객을 대상으로 실시한 인기투표에서 3위를 차지하기도 했다. 그런데 미처 예상하지 못한 문제가 하나 생겼다.

원래 서울대공원이 사쿠라를 데려온 것은 수컷 코끼리에게 짝을 지어주기 위해서였다. 이 수컷이 바로 앞서 소개한 자이언트. 이 무렵 자이언트는 쉰 살이 훌쩍 넘은 홀아비였다. 하지만 사쿠라는 사람들의 기대와 달리 엉뚱한 상대와 사랑에 빠졌다. 열다섯 살 연하의 수컷 코끼리 리카였다. 연상 연하 커플이라서 엉뚱하다는 것이 결코 아니다. 리카는 아시아 코끼리인 사쿠라와 달리 아프리카 코끼리였던 것이다. 1979년에 태어나 서울대공원 개장 준비가 한창이던 1983년 11월에 우리나라에 온 리카는 그때부터 지금까지 우리나라에 존재했던 유일한 아프리카 코끼리이다.

호랑이와 사자 사이에서도 라이거나 타이곤이 종종 태어나곤 하는데 아시아 코끼리와 아프리카 코끼리가 부부가 되는 것이 무슨 문제냐고 생각한다면 큰 오산이다. 같은 코끼리라도 이는 엄연히 이종 교배다. 동물원에서는 이종 교배를 원칙적으로 금하고 있다. 라이거나 타이곤이 태어나는 장소를 보면 공공 동물원이 아닌 상업적 동물원인 경우가 많다. 사람들이 좋아하는 눈요기이니 사자와 호랑이의 교배를 굳이 막지 않는 것이다. 하지만 자연 상태에 존재하지 않는 종을 동물원에서 새로 만드는 것이 종족 보전 측면에서 바람직할 리 없다.

실제로 아시아 코끼리와 아프리카 코끼리 사이에 새끼가 태어났다는 기록은 어디에도 없다. 아프리카 코끼리는 아시아 코끼리보다 덩치가 상당히 큰데다 성격도 다르다. 초식동물이라 기본적으로 온순하긴 하지만 아시아 코끼리처럼 쉽게 길들여질 정도는 아니다. 아프리카 코끼리와 같이 있으면 아시아 코끼리가 위험할 수도 있다. 그래서 서울대공원에서도 아프리카 코끼리인 리카는 아시아 코끼리들과 우리가 분리되어 있었다. 그런데도 사쿠라와 리카는 쇠울타리 너머로 코를 쭉 뻗어 서로 감으며 애타게 사랑을 확인했다.

사랑의 화살이 어쩌다 어긋나게 되었을까. 뒷이야기를 들어보니 성격이 까다롭기로 유명한 자이언트는 사쿠라에게 정을 주지 않았다고 한다. 그러니 사쿠라가 다른 수컷에게 마음을 빼앗기지 않을 도리가 있었겠는가. 하지만 사쿠라와 리카의 사랑은 결실을 맺지 못한 채 2008년에 막을 내렸다. 리카가 숨을 거둔 것이다. 한국에서 정을 붙인 리카마저 세상을 떠난 후, 사쿠라는 지금껏 새끼도 한 번 낳지 못한 채 낯선 땅에서 외로이 노년을 맞고 있다.

다행인지 불행인지 서울대공원이 어린 아시아 코끼리들을 새로 데려온 후 사쿠라는 사람들의 관심에서도 멀어졌다. 요즘엔 서울대공원에서 하루에 한두 회 실시하는 '코끼리 먹이 주기 및 설명회' 이벤트에도 모습을 보이지 않는다. 디아스포라 코끼리 사쿠라는 노년을 맞아 비로소 삶의 평온을 얻었다고 할 수 있을까? 비록 세 번째 고향이지만 사쿠라가 여기에서 안식을 찾고 천수를 다하는 그날까지 평화로이 지내기를 간절히 바랄 뿐이다.

조선 시대의 코끼리부터 창경원 코끼리, 자이언트, 사쿠라까지 이어지는 우리나라 코끼리의 짧은 역사를 돌아보면, 안타까운 마음이 앞선다. 이 귀한 동물들과 더 좋은 관계를 맺는 데에 모두가 서툴렀다는 생각이 들어서다. 그런데 지금의 우리는 얼마나 나아졌을까? 사쿠라 이후, 우리 코끼리의 역사는 이제 내가 수년간 함께한 우치동물원의 코끼리들로 이어진다. 이 코끼리들의 이야기는 라오스에서 시작된다.

2장

라오스 코끼리
인천 상륙 작전

1. 쇼의 배우로
한국 땅을 밟다

라오스는 코끼리의 나라라고 해도 과언이 아니다. 1353년 건국된 란쌍 왕국이 라오스 최초의 나라로 여겨지는데 란쌍은 100만 마리 코끼리라는 뜻이다. 아예 공식적인 역사가 코끼리로부터 출발한 셈이다. 라오스에서 코끼리는 전통적으로 사람의 중요한 재산이자 전쟁 무기이자 일꾼이었다. 요즘에도 라오스에서는 많은 코끼리들이 벌목장에서 일한다.

라오스 못지않은 코끼리의 나라가 또 있다. 바로 태국이다. 라오스와 태국은 똑같이 코끼리를 중시하지만, 태국에서는 코끼리의 역할이 조금 달라졌다. 오늘날 태국에서 코끼리는 이른바 관핑 상품이다. 쇼장이나 서커스장에서 공연을 해서 큰 수입을 벌어들이는 유능한 배우가, 태국 코끼리의 가장 중요한 역할이 되었다. 돌고래, 호랑이, 돼지, 뱀 등 다양한 동물이 인간의 눈요기를 위한 쇼에 동원되지만 그중에서도 코끼리 쇼는 제일 유명하다. 방콕, 치앙마이, 파타야, 푸켓 등 태국의 주요 관광지마다 코끼리 쇼가 펼쳐진다. 코끼리들은 자전거 타기, 축구하기 같은 묘기는 물론이고 심지어 제법 그럴싸한 그림까지 그린다.

이 코끼리 쇼는 우리나라 사람들에게도 인기가 좋다. 해마다 약 100만 명의 한국인이 태국을 방문한다.* 그중 상당수가 패키지 관광 상품을 통해서 가는데 이 일정에 단골로 포함되어 있는 것이 코끼리 쇼이다. 입소문을 타다 보니 요즘은 코끼리 쇼를 찾는 개별 자유 여행자도 늘고 있다고 한다.

그 쇼를 보면서 비즈니스 마인드가 충만한 사람은 이런 구상을 떠올려보기도 할 것이다. 이 먼 태국까지 코끼리 쇼를 보러 가는 사람들이 있으니, 아예 코끼리를 수입해 우리나라에서 이 쇼를 해보면 어떨까? 굳이 많은 돈을 들여 비행기를 타지 않아도 코끼리 쇼를 볼 수 있으니 관람객이 몰려들지 않을까? 우치동물원의 코끼리들을 맨 처음 한국에 데려온 코끼리월드는 바로 그런 사업 아이디어에서 시작된 회사였다. 그러니까 우리의 코끼리들은 쇼에 등장하는 '배우'의 자격으

* 한국관광공사 「국민 해외 관광객 주요 행선지 통계」 (2013)

로 한국에 이주하게 된 것이다.

코끼리월드의 김인옥 회장은 코끼리 공연 사업을 목적으로 이 회사를 설립했다. 하지만 정작 김 회장 본인은 고향인 전라남도의 시골 마을에서 어릴 때 소를 키운 것을 제외하고는 동물과 별 인연이 없이 살아온 사람이다. 동물보다는 컴퓨터 무역 회사를 통해 사업가로서의 입지를 탄탄히 굳혔다. 김 회장은 스스로 한국 IT 산업의 1세대라 자부한다. 지금은 70대에 접어들었는데 직접 만났을 때는 그보다 훨씬 젊게 보였다. 장신의 깡마른 체구에, 까무잡잡한 얼굴에서 나오는 눈빛이 날카로웠다. 사업가다운 풍모가 몸에 배어 있고 카리스마도 넘치니, 정글 같은 비즈니스의 세계에 딱 맞춤한 분 같다.

그런 김 회장이 코끼리 사업을 시작한 계기는 이렇다. 2002년의 어느 날 고향 친구가 찾아와 사업 계획서를 내밀고는 투자를 부탁했다. 사업 계획서의 첫머리에 적힌 글자는 '(주)코끼리월드'. 코끼리를 정식으로 수입해서, 태국에서 인기 있는 코끼리 쇼를 한국에서도 선보이겠다는 것이 요지였다. 영 뜬금없는 사업은 아니었다. 이미 2001년 6월 (주)백상코끼리랜드(현 점보빌리지)가 제주도에 라오스 코끼리 아홉 마리를 임대로 들여와 코끼리 쇼를 하고 있었다.

김 회장은 친구에게 선뜻 5000만 원을 빌려주었다. 코끼리 사업으로 큰돈을 벌어보겠다는 생각이 있어서는 아니었다. 그저 고향 친구를 돕고 싶은 마음이었다고 한다. 이때까지만 해도 김 회장은 코끼리월드의 여러 투자자 중 한 사람이었다.

여러 사람들의 투자를 받은 뒤, 코끼리월드에서는 라오스에서 코끼리 열 마리를 구입하는 일에 착수했다. 코끼리 공연을 많이 하는 태국이 아니라 라오스였던 것은 사이티스(CITES, Convention on International Trade in Endangered Species of Wild Flora and Fauna) 때문이다. 사이티스는 우리말로 풀어 쓰면 '멸종 위기에 처한 야생 동식물종의 국제 거래에 관한 협약'이다. 1973년 3월 8일 워싱턴에서 81개 나라가 참여한 가운데 체결되었고 1975년에 발효되었다. 한국도 1993년에 가입했다. 사이티스에서는 5000여 종의 동물과 2만 8000여 종의 식물을 멸종 위험 정도에 따라 부속서 1종, 부속서 2종, 부속서 3종의 세 등급으로 나누어 등급에 따라 보호한다.(부속서란 부록, 부속물을 뜻하는 Appendix를 번역할 말인데, 이 동식물 리스트가 협약 뒤에 부록처럼 딸려 있기 때문이다.) 사이티스 본부에서는 부속서에 등재된 동식물이 조약 발효 이후 단 한 종도 멸종되지 않았다고 자찬한다. 이 점에 대해서는 논란의 여지가 있긴 하지만 사이티스가 멸종 위기 종을 보호하는 데 큰 역할을 하고 있는 것은 분명하다.

아시아 코끼리와, 대다수 지역의 아프리카 코끼리는 부속서 1종 등급으로 분류되어 있어 상업적인 국제 거래가 금지되어 있다. 또 보츠와나, 나미비아, 짐바브웨, 남아프리카공화국의 아프리카 코끼리도 부속서 2종 등급으로 까다로운 수출입 절차를 거쳐야 한다. 다만 야생에서 잡은 코끼리가 아닌, 가축으로 사육하고 있는 코끼리는 양쪽 정부의 수출 허가서와 수입 허가서가 발부되면 국제 거래가 가능하지만 결코 수월한 것은 아니다.

코끼리를 구입할 당시 태국은 사이티스에 가입되어 있어서 코끼리를 국외로 반출하는 것이 까다로웠다. 라오스도 2004년 5월 30일을 기해 가입했지만 당시만 해도 미가입 상태여서 코끼리 반출이 비교적 수월했다. 당시 라오스는 동남아시아 유일의 미가입국이었다.

하지만 김 회장이 투자한 뒤에도 코끼리 사업은 순조롭게 진행되지 않았다. 사업 계획서상으로는 자금만 확보되면 그다음에는 일사천리로 일이 진행되어야 하건만 라오스에서 전해오는 소식은 언제나 비슷했다. 현지 출신 조련사들을 고용해서 코끼리 열 마리를 훈련시키고 있다, 수입 허가를 신청해서 답을 기다리고 있다, 조금만 더 기다리면……. 그렇게 기다리다 어느 새 반년이 넘는 시간이 지났다.

기다리다 지친 김 회장은 특단의 결심을 한다. '기왕 여기까지 온 것, 내가 직접 코끼리 사업을 해보자!' 꼭 투자금 때문만은 아니었다고 한다. 투자금 5000만 원은 적지 않은 돈이기는 하지만, 설령 코끼리 사업이 흐지부지된다 해도 김 회장의 사업에 타격을 입힐 금액은 아니었다. 하지만 김 회장은 직접 코끼리월드의 일에 뛰어들기로 결심했다. 코끼리 공연 사업이라면 일종의 이벤트업. 컴퓨터 무역으로 잔뼈가 굵은 김 회장에게는 전혀 생소한 분야였지만 도전하기로 마음먹었다.

"글쎄, 왜 그런 생각이 들었는지……. 코끼리와 무슨 알 수 없는 운명 같은 게 작용한 건지, 허허."

김 회장은 다른 주주들의 투자금을 대납하고 코끼리에 대한 모든 권리를 인수받았다. 그리고 해가 바뀌어 2003년이 되었다. 더 이상 한국에 앉아 기다리고 있을 수만은 없었다. 김 회장은 라오스행 비행기 표를 끊고 수도 비엔티안으로 날아갔다. 사업가의 추진력이 발휘되는 순간이었다.

코끼리들이 있는 곳은 수도에서도 한참을 더 가야 하는 시골 마을. 김 회장 일행은 모터보트를 타고 길고 긴 메콩 강을 따라 하염없이 질주해나갔다.

"말이 모터보트지, 나무로 만든 길쭉한 배가 있어요. 그걸 타고 아주 한참을 갔지."

메콩 강 주변의 풍경에 질리고 물렸을 때쯤 드디어 목적지에 도착했다. 주변에 이렇다 할 건물이라고는 보이지 않는 산골이었다. 그곳에 정말로 코끼리 열 마리가 있었다. 사업 계획서에서만, 친구가 전하는 소식에서만 존재하던 그 코끼리였다. 일단 코끼리를 직접 보고 나니 마음이 놓였다. 하지만 계속 지켜볼수록 다시 근심이 생겨났다.

코끼리들이 선보인 재주는, 그전에 단 한 번도 코끼리 쇼를 접한 적이 없는 김 회장이 보기에도 신통치 않았다. 1년 가까이 연습한 것이 겨우 이 정도냐 하고 따져 묻고 싶은 것을 억지로 참았다. 미소가 사라진 얼굴에 먹구름이 내려앉았다. 그래도 어쨌든 코끼리 열 마리의 건강한 모습을 직접 확인했다는 점이 성과라면 성과였다.

코끼리가 무사한 것을 확인한 뒤, 김 회장은 다시 태국 남부의 휴양 도시 파타야로 향했다. 파타야의 주요 관광지로 꼽히는 농눅 빌리지에서 코끼리 쇼를 보고 그 수준을 가늠해보기 위해서였다. 태국의 코끼리 쇼는 예상대로 라오스에서 본 것과 격차가 컸다. 태국은 코끼리 조련사 양성 학교를 따로 운영하고 있을 정도로 코끼리 쇼를 관광자원으로 육성해왔으니 당연한 결과였다. 관람객들이 내지르는 탄성 속에 "잘한다!" "신기하네!" 같은 익숙한 한국말도 섞여 들렸다. 이 관광객들을 한국에서도 끌어들여야 코끼리월드가 수익을 낼 수 있을 텐데 라오스에서 본 수준으로는 '글쎄올시다.'였다.

여기서 만약 김 회장이 코끼리 공연 사업을 포기하기로 마음먹었다면, 나는 코끼리들과 인연을 맺지 못했을 것이다. 하지만 코끼리를 직접 눈으로 보았기 때문이었을까. 한국에 돌아온 김 회장은 오히려 코끼리 사업을 더 적극적으로 추진하기 시작했다. 이때 코끼리월드의 실무를 본격적으로 담당한 사람이 정경영 이사였다.

정 이사는 1980년대 중반에 김 회장의 무역 회사에 입사했다. 김 회장이 사업을 시작한 지 몇 년 되지 않았을 때였다. 그 후 지금까지 20년 넘게 쭉 함께 일하고 있으니 두 분의 인연이 남다르다. 게다가 코끼리 사업은 처음부터 끝까지 정 이사가 실무를 담당해왔기 때문에 정 이사는 이후 나와도 인연이 깊어졌다.

라오스에 다녀온 후부터 코끼리 사업은 본격적으로 진척되었다. 사이티스 승인도 순조롭게 받았다. 라오스 정부는 까다롭지 않았다. 코끼리가 정상적인 과정을 통해 사육되었다는 점을 확인하고는 두밀

없이 수출 허가를 내주었다. 다만 라오스 출신 조련사들이 코끼리월드에 정식 취업해 코끼리들과 함께 갔으면 한다는 조건이 붙었다. 강제 사항이 아닌 권고 수준이었지만 어차피 전문 코끼리 조련사가 필요한 코끼리월드로서도 굳이 마다할 이유가 없었다. 남은 문제는 우리나라의 수입 허가였다.

사이티스 부속서에 속하는 종을 수입하고자 할 때는 해당 환경청에 사용 계획서, 수송 계획서, 보호 시설의 도면이나 사진 등의 서류를 제출해 허가를 받아야 한다. 코끼리가 살게 될 곳이 인천의 송도유원지이기에 코끼리월드에서는 일찌감치 수도권을 담당하는 한강유역환경청에 수입 허가를 신청해두었다. 하지만 한강유역환경청에서는 뚜렷한 이유도 대지 않고 차일피일 미루기만 했다. 서류에 딱히 문제가 있는 것도 아니었다. 좀 더 기다려보라는 답변만 반복되며 시간이 흘렀다. 회사로서는 코끼리가 오는 것이 늦어질수록 그만큼 손해가 날 수밖에 없다. 코끼리 공연은 아직 시작도 못했는데 라오스에 있는 조련사들과 한국인 직원들의 월급은 꼬박꼬박 나가고 있었기 때문이다. 게다가 그사이 송도유원지에 조성하기 시작한 코끼리 공연장도 거의 완공되어갔다. 이러다가는 공연장이 주인공도 없이 방치될 지경이었다. 코끼리월드로서는 하루하루 애가 탔을 것이다.

수입 허가가 늦어졌던 이유는 분명하지 않다. 지금 추측해보면 아마 지방 환경청의 인력 부족도 한 가지 이유였을 것이다. 우리나라의 동물 수입은 날로 증가 추세에 있다. 반려 동물 시장이 커지면서 이색

적이고 희귀한 동물에 대한 수요가 늘고 있기 때문이다. 그런데도 각 지방 환경청마다 외국 동물 수입 허가를 검토하는 담당자는 박사급 인력 한두 명이 고작이다. 그렇다 보니 단순한 반려 동물도 아니고 사이티스 부속서 1종 등급인 코끼리에 대해 수입 허가를 내는 까다로운 문제는 자연스레 뒷전으로 밀려났을 것이다.

한강유역환경청에서 코끼리 공연장의 공사 현장을 답사하고서도 또 한참이 지나서야 코끼리월드는 겨우 수입 허가서를 받을 수 있었다. 서류를 제출한 지 약 1년 만이었다. 이제야 드디어 코끼리를 한국으로 데려올 수 있게 된 것이다.

2003년 6월, 우여곡절 끝에 코끼리들이 라오스에서 출발하게 되었다. 코끼리 열 마리를 옮기는 일은 그 자체로 엄청난 일이었다. 초대형 화물기인 점보 747 화물기가 동원되어야 했지만 라오스의 협소한 와타이 국제공항에는 그런 화물기를 감당할 활주로가 없었다. 유일한 대안은 코끼리들을 일단 트럭에 실어 육로를 통해 옆 나라인 태국으로 옮긴 다음, 방콕의 돈므앙 국제공항에서 화물기에 실어 인천으로 보내는 것이었다.

라오스는 육상 교통이 발달하지 않아, 트럭을 구하는 것부터 쉽지 않았다. 라오스 전국을 수배해 겨우 큰 트레일러 화물 트럭 열 대를 준비하고, 코끼리가 들어갈 이동 상자까지 항공 화물 사이즈로 특수 제작을 해야 했다. 코끼리와 함께 갈 사람도 한둘이 아니었다. 운전사들을 제외하고도 라오스 조련사 열 명, 라오스 무용수 열 명, 라오스 수의사 한 명에다 한국인 직원들까지 있었으니 정말 큰 규모였다. 비행기 운송비용 약 2억에다 이런 부대비용까지 합하면, 코끼리 이송에만 3억 원 가까이 들여야 했다. 코끼리 사업은 기업 입장에서는 그야말로 시작부터 '돈 먹는 하마', 아니 '돈 먹는 코끼리'였던 셈이다. 그래도 과정 자체는 순조롭게 차근차근 진행되었다.

코끼리 열 마리가 인천공항에 내리는 순간은 그 자체로 장관이었을 것이다. 동물원에서 기린 한 마리만 다른 지역으로 이동해도 방송국에서 취재를 나오는데, 하물며 코끼리 열 마리임에야. 2003년 6월 1일 아시아나항공 소속의 보잉 747 화물기가 인천공항에 착륙했을 때 공항에는 한 무리의 취재진들이 진을 치고 있었다. 기자들은 물론 공항 직원들까지 너도나도 구경을 나왔다. 비행기 문이 열리고 쇠망으로 만든 특수 컨테이너가 내리자 컨테이너 안에서 기다란 것이 쑥 튀어나왔다. 다름 아닌 코끼리의 코. 코끼리의 상징과도 같은 코가 모습을 보이자, 기다리고 있던 기자들의 카메라에서 일제히 플래시가 터졌다. 눈부신 플래시 세례를 받으며, 드디어 코끼리 열 마리가 우리나라에 들어왔다.

2. 코끼리는 송도유원지의 비장의 무기

비행기에서 내리자마자, 코끼리들은 인천의 송도로 향했다. 그런데 이토록 귀한 코끼리가 왜 서울대공원이나 어린이대공원 같은 큰 놀이공원이 아닌, 인천의 송도로 가게 됐을까? 이 행보는 송도유원지의 흥망성쇠와 연관되어 있다.

송도유원지의 역사는 일제강점기까지 거슬러 올라간다. 1937년에 일본은 경기도 수원과 인천 송도를 잇는 수인선을 개통했다. 경기도의 쌀을 인천항을 통해 일본으로 반출하고 일본인들을 내륙 진출을 확대시키기 위해서였다. 그러면서 일본은 열차 승객 수를 늘리기 위해 송도역 근처에 관광지를 조성했다. 트럭 서른 대 분량의 모래를 실어와 인공 백사장을 만들고 바닷물을 끌어들여 해수욕장을 개장했다. 송도유원지는 이렇게 탄생했다.

사실 송도라는 이름 자체도 일본이 새로 지은 것이다. 일본 센다이만 연안에는 일본 3대 절경 중 하나로 꼽히는 마쓰시마라는 명승지가 있다. 일본은 마쓰시마가 어찌나 자랑스러웠던지 식민지 조선의 바닷가 여기저기에도 같은 이름을 붙였는데 마쓰시마의 한자 표기가 바로 '송도(松島)'이다. 인천뿐 아니라 부산, 포항, 목포 등에도 송도라 불리는 장소들이 오늘날까지도 여전히 남아 있다.[*]

조우성《인천일보》주필은 송도라는 지명에 대해 이렇게 비판한다.

"인천의 송도라는 지명은 1930년대 일제 총독부의 행정 기관인 인천부가 나서서 심어놓은 노골적인 언어의 쇠말뚝입니다."[**]

송도유원지 역시 그 출발부터 군국주의와 밀접하게 연결되어 있었다. 송도유원지에서 멀지 않은 곳에 역시 일본이 개발한 월미도유원지가 이미 인기를 끌고 있었는데 일본은 이곳을 점차 폐쇄할 예정이었다. 대륙 침략 계획에 따라 월미도를 군사적 요충지로 활용하기 위해서였다. 일본은 월미도유원지의 대체지로 송도유원지를 더욱 확장해 종합 휴양지로 개발하려고 했다. 하지만 이 계획은 태평양전쟁이 발발하면서 흐지부지되었고 곧이어 6·25까지 터지면서 송도유원지는 미군과 영국군의 주둔지로 쓰이게 되었다. 해수욕장에는 관광객 대신 군인만 가득했다.

전쟁 이후 한동안 방치되어 동네 아이들의 놀이터 역할을 하던 송도유원지는 1960년대에 들어와 기지개를 켰다. 인천시는 수문을 설치해 수위 조절이 가능한 인공 해수욕장을 조성하고 어린이 놀이터, 야외 무대, 보트장까지 갖추어 1963년 6월에 송도유원지를 다시 개장했다. 당시만 해도 전국에서 1순위로 꼽히는 최첨단 관광 시설이었다. 수도권에서야 말할 것도 없고 저 멀리 부산에서도 사람들이 몰려들 정도로, 송도유원지가 누린 명성과 인기는 가히 독보적이었다. 1970년대

* 《오마이뉴스》「송도국제도시의 '송도'는 일제 식민 잔재」(2005.7.8)
** 《인천일보》「'왜색' 짙은 지역 대표 브랜드 … 제 이름 찾아 줘야」(2010.10.18)

말까지는.

하지만 1970년대에 서울과 경기도 곳곳에 대형 놀이공원들이 생기면서 분위기는 완전히 달라졌다. 시간이 갈수록 사람들은 더욱 크고 화려한 놀이 시설을 원했다. 군사 정부는 대중들에게 건넬 당근이 더 많이 필요했다. 대기업은 대규모 테마파크 사업이 짭짤한 수익을 가져다줄 것을 감지했다. 이런 욕망이 한데 모여 1973년 어린이대공원, 1976년 용인 자연농원, 1984년 서울대공원, 1988년 서울랜드, 1989년 롯데월드가 잇따라 문을 열었다. 그에 비해 송도유원지는 지속적인 투자가 이루어지지 않아 시설들이 노후되어갔다. 수도권 안에서도 서쪽 끄트머리에 위치해 있으니 접근성 면에서도 경쟁력이 떨어졌다. 입장객 수는 줄어들고 그에 반비례해 적자 폭은 커져갔다.

송도유원지를 다시 활성화시키려는 계획은 틈틈이 있었다. 신문에는 송도유원지 개발 계획이 잊을 만하면 한 번씩 실렸다.

> 인천시는 오는 88년 서울올림픽을 앞두고 인천에 관광객이 많이 몰릴 것으로 예상, 올해부터 88년까지 남구 옥련동 송도유원지 인근 매립지 1백 12만 평을 대단위 임해관광단지로 개발할 계획이다.
>
> ─《매일경제》(1982.1.22)

> 인천시는 남구 옥련동 송도 해안 도로변 돌산 일대에 1백 10억 6천 7백여만 원의 민간 자본을 투입, 총 11만 2천 3백 87평에 이르는 송도유원지 부

수 공원을 조성할 계획이다.

—《매일경제》(1988.8.23)

인천시는 민자 유치 사업으로 도심(송도유원지)과 강화, 옹진의 유적지를
연계한 종합관광단지 개발을 추진 중이다.

—《매일경제》(1995.12.26)

인천 연수구 동춘, 옥련동 일대 송도유원지 매립지 29만여 평에 88층짜
리 초고층 호텔과 스포츠센터 등을 갖춘 종합휴양레저타운이 조성된다.
(주)대우는 5일 인천시청에서 송도유원지 개발 사업 설명회를 갖고 올해부
터 2003년까지 2단계 사업을 통해 이 같은 계획을 추진하겠다고 밝혔다.

—《경향신문》(1996.2.6)

인천 송도유원지가 롯데월드나 에버랜드와 같은 새로운 놀이공원으로 바
뀐다. 인천도시관광(주)은 24일 "우리나라 유원지의 선구자였던 송도유원
지가 시대에 뒤떨어져 매년 입장객이 줄고 있다."며 "2008년까지 3단계
로 신세대에 맞는 새로운 맛의 놀이 공간으로 조성할 계획."이라고 밝혔다.

—《한겨레신문》(1999.10.25)

　　이중 제대로 실현된 것은 단 하나도 없었다. 송도유원지 개발 계획
은 변죽만 울리다 흐지부지되기 일쑤였다. 코끼리들이 도착한 2003년

에도 송도유원지에는 이미 쇠락의 기운이 완연했다.

코끼리월드 역시 송도유원지의 이런 분위기를 몰랐던 것은 아니었다. 애초에 코끼리월드에서 염두에 둔 곳은 송도유원지가 아니라 서울어린이대공원과 서울대공원이었다. 하지만 두 곳 모두 반응이 시큰둥했다. 1000만 인구의 서울시와 1000만 인구의 경기도를 끼고 있는 지리적 이점 덕분에 1년 365일 관람객이 마를 날이 없으니 굳이 코끼리 공연까지 유치할 이유가 없었다. 하지만 250만 인천 시민에게조차 잊히고 있던 송도유원지는 코끼리월드의 제안에 협조적으로 나섰다. 어차피 코끼리 공연장 건설에 들어가는 모든 비용은 코끼리월드의 몫이었다. 고질적인 예산 부족에 시달리고 있던 송도유원지로서는 밑질 것이 없었다.

송도유원지를 관할한 인천도시관광의 이윤호 상무는 언론과의 인터뷰에서 이렇게 말했다.

"송도유원지가 지난 70~80년대에는 수도권의 대표적인 관광지로 명성을 날렸던 게 사실입니다. 코끼리 공연이 송도유원지의 옛 명성을 되찾고 관광객을 유치하는 데 크게 기여할 것으로 기대됩니다."[*]

코끼리월드의 입장에서 송도유원지는 최선책이 아닌 차선책이었지만 그래도 수익 창출에 대해서는 자신이 있었다. 비록 송도유원지가 예전의 명성을 잃은 지 오래라고 해도 엄연히 수도권 소재의 놀이

---

[*] 《문화일보》 「송도유원지서 코끼리 서커스」 (2003.6.3)

공원이었다. 서울과 경기도에 코끼리 공연이 입소문이 난다면 흥행은 문제없으리라 생각했다. 여기에 또 하나 코끼리월드가 노리는 바가 있었으니 바로 외화 획득이었다. 한류의 영향으로 중국인 관광객이 증가하고 있으며, 비행기를 타든 배를 타든 중국인 관광객은 반드시 인천을 거치게 되니 이들을 끌어오겠다는 야무진 계산이었다. 그러니까 우리의 코끼리들은 송도유원지의 명예 회복이라는 '역사적 사명'을 띠고 파견된 용사들이었던 셈이다.

3. 쇼의 실패, 그리고 코끼리 쿤의 죽음

송도에 도착하자마자, 코끼리 배우들은 며칠 적응의 시간을 가진 뒤 곧바로 공연에 나섰다. 코끼리 공연은 라오스 여성 무용수들의 전통 무용으로 막을 열었다. 일종의 오프닝 공연이었다. 무용이 끝나면 공연장 한쪽에서 아홉 마리 코끼리가 줄을 지어 나왔다. 한 코끼리가 국기 게양대에 태극기를 게양하면 나머지 코끼리들은 코를 번쩍 들어 국기에 대한 경례를 했다. 본격적으로 쇼가 시작된다는 신호였다.

그다음부터는 코너별로 코끼리가 두세 마리씩 짝을 이루어 나와서 공연을 펼쳤다. 코끼리들은 물감을 묻힌 붓을 코로 잡고 도화지에 꽃 그림 그리기, 드럼통 위에 선 채 자세를 유지하며 코로 훌라후프 돌리기, 두 마리가 서로 마주 보고 코로 기다란 줄을 돌리면 사육사가 줄넘기하기, 코로 다트를 던져 풍선 터트리기, 일반 축구공의 서너 배 크기인 코끼리용 축구공을 앞발로 차서 골대 안으로 넣기, 코로 농구 공을 던져 골대 안으로 넣기 등의 화려한 기술을 선보였다. 관람객이 참여할 수 있는 코너도 있었다. 볼링 핀을 일렬로 세워놓고 관람객 중 신청자를 받아 코끼리와 볼링 핀 줍기 시합을 벌였다. 대개는 코끼리 의 승리였다.

코너 사이사이에 코끼리들은 관람석으로 다가가 관람객들로부터 먹이를 받아먹었다. 먹이는 공연장 입구에서 파는 당근 조각이었다. 덩치 큰 코끼리에게 당근 조각은 그야말로 '코끼리 비스킷' 수준이었 겠지만, 코끼리들은 맛난 간식을 든 관람객들에게 코를 쭉 뻗었다. 관 람객들은 당근을 주면서 코끼리 코를 만져보는 재미도 경험했다.

공연이 절정에 이르면, 코끼리 한 마리가 갑자기 쓰러졌다. 무언가 이상이 생긴 줄 알고 관람객들은 일순 긴장했다. 그러면 다른 코끼리 가 거대한 주사기를 들고 나와 쓰러진 코끼리에게 주사를 놓는 시늉 을 했다. 그제야 관객들은 이것이 깜짝쇼였음을 눈치챘다. 쓰러졌던 코 끼리가 일어나고 모든 코끼리가 한데 모여 댄스 음악에 맞추어 몸을 흔드는 것으로 공연의 대미를 장식했다. 50여 분에 걸친 공연이 끝나 면 관람객들은 코끼리 옆에서 기념 촬영도 했다. 이만하면 태국 현지 의 쇼와 비교해도 나무랄 데 없는 공연이었다.

코끼리들의 임무는 공연으로 끝나지 않았다. 공연장에서 니온 긴

람객들은 옆에 있는 트래킹 코스에서 코끼리 타기 체험도 했다. 코끼리 등에 얹힌 의자에 앉아 100미터 정도를 도는 것이었다. 물론 추가로 비용을 내야 했다.

하지만 6억 원이나 들여 지은, 600명을 수용할 수 있는 공연장에는 언제나 빈자리가 훨씬 많았다. 그나마 처음 몇 달 동안에는 해수욕장에 몰려든 피서객들이 호기심에 공연장을 찾곤 했지만 여름이 지나자 송도유원지도, 공연장도 더욱 썰렁해졌다. 기대했던 중국인 관광객은 어쩌다 길을 잘못 찾아든 사람조차 없었다. 중국인 관광객의 전형적인 관광 코스는 인천공항이나 인천항에 내리자마자 곧바로 서울로 가서 쇼핑을 하는 것이었기 때문이다. 인천에서 다른 볼거리를 찾는 중국인은 거의 없었다. 수익도 나지 않는데 엎친 데 덮친 격으로 골치 아픈 사건들이 잇따라 일어났다.

코끼리가 송도에 온 지 석 달 후인 2003년 10월 11일 오전 9시경이었다. 사육사들은 코끼리들을 수돗가로 데려가 물을 먹였다. 공연을 시작하기 전에 으레 하던 일이었다. 그런데 이날은 그 옆에 소풍을 나온 중학생들이 한 무리 있었다. 코끼리들이 한꺼번에 열 마리나 나타나자 중학생들은 신기한 마음에 와아 환호성을 질렀다. 그런데 이 소리가 코끼리들에게는 위협적으로 들렸나 보다. 그중 네 마리가 갑자기 달리기 시작했다. 사육사들이 미처 진정시킬 틈도 없었다.

어찌나 빨리 달렸는지 코끼리들은 사육사들 눈앞에서 금세 사라지고 말았다. 긴급 상황이었다. 덩치 큰 동물이라 무방비로 길에 나서면 사람도 위험하지만 코끼리도 위험했다. 사육사들은 경찰서와 119 구조대에 신고했다. 경찰들과 119 구조대원들이 한걸음에 달려와 60여 명이 수색에 나섰다.

동물원에서 동물이 탈출하는 일은 왕왕 벌어지는데 동물원 직원에게는 이때만큼 심장이 두근거리는 때도 없다. 내가 일하는 동안에도 우치동물원에서 캥거루, 원숭이, 새가 탈출한 적이 있다. 원숭이와 새는 알아서 돌아왔고 캥거루는 사육사들과 함께 쫓아다녀서 간신히 붙잡을 수 있었다. 다행히 곰이나 호랑이 같은 맹수가 탈출한 적은 없었다. 그런 일은 상상만 해도 오싹하다.

코끼리는 맹수는 아니지만 덩치가 워낙 큰 동물이니 사람들이 얼마나 놀랐을지 상상이 간다. 하지만 이 사건은 놀란 사람들을 비웃듯 싱겁게 흘러갔다. 탈출한 네 마리 중 야외 극장에서 어슬렁거리고 있던 녀석과 유원지 정문 근처의 실탄 사격장 앞에 있던 녀석은 조련사에게 이끌려 금방 공연장으로 돌아왔다.

나머지 두 녀석은 유원지 밖 차도를 건너 계속 달렸지만 다행히 토요일이고 이른 시간이어서 길에는 차도, 사람도 거의 없었다. 두 코끼리는 송도유원지에서 1킬로미터 떨어져 있는 청량산 골짜기에서 발견되었다. 이 코끼리들까지 공연장으로 돌아오면서 1시간 30분 만에 모든 상황이 종료되었다. 목격자도 별로 없고 인명 피해나 재산 피해도 물론 없었기에 그나마 이 사건은 하나의 해프닝으로 남았다. 하지만 얼마 뒤에 정말 중대한 사건이 일어났다.

서른 살 먹은 암컷 코끼리 쿤이 어느 날 갑자기 주저앉아버렸다. 쿤은 예닐곱 시간이 넘도록 음식도 먹지 못했다. 코끼리가 주저앉는 것은 비상사태이다. 계속 주저앉아 있으면 장이 눌려서 죽음에 이르게 되기 때문이다. 웬만한 질병은 조련사들이 수의사만큼 잘 알기 때문에 이들이 약도 먹이고 주사도 놓지만 이때는 조련사들조차 속수무책이었다. 원인조차 파악하지 못했다.

일단 급한 대로 사육사들이 쿤의 배를 로프로 묶어 천정에 연결해 억지로 일으켜놓은 뒤, 코끼리월드에서 근처의 동물병원들에 연락했다. 하지만 개나 고양이 같은 반려 동물을 주로 진찰하던 수의사들에게 코끼리는 너무 낯선 존재였다. 동물원에 와서 코끼리를 진찰해 달라는 요청에 대부분 처음부터 거절하거나, 왔다가 아무 치료도 못하고 되돌아가거나, 주사제만 겨우 처방해주었다. 수의사들로서도 한 번도 다뤄본 적 없는 동물을 섣불리 진찰하고 약을 처방할 수는 없는 노릇이었을 테다.

일반 동물병원 수의사로는 안 되겠다 싶어 이번에는 코끼리가 있는 큰 동물원에 연락해보았다. 하지만 상황을 설명하자 동물원 수의사들도 그런 증상에 대해서는 모르겠다는 답변뿐이었다. 사실 우리나라에 코끼리를 진료해본 수의사가 몇이나 되겠는가? 더구나 특이한 동물에게 특이한 병이 발병하면, 또 그 병이 눈으로 직접 확인하기 어려운 내과 질환이라면 제아무리 용한 수의사라도 뾰족한 방도가 없다. 결국 이렇다 할 처방도 받지 못한 채, 쿤은 일주일 만에 숨을 거두고 말았다.

사람이나 짐승이나 고향을 떠나면 몸이 아플 때가 가장 서러운 법이다. 낯선 땅에서 속수무책으로 죽어갔을 쿤을 생각하니, 이주 동물의 서글픈 운명이 애잔하다.

4. 서울행이라는 승부수를 던지다

코끼리는 지능이 높은 만큼 유대감도 강하다. 가족이나 동료가 죽으면 무리 전체가 한동안 깊은 슬픔에 빠진다. 이 사실을 잘 알고 있는 조련사들은 애도할 겨를도 없이, 나머지 아홉 마리의 코끼리가 동요하지 않도록 얼른 쿤의 사체를 우리 밖으로 옮겼다. 덩치가 크다 보니 사람 힘으로는 꿈쩍도 하지 않는 터라 지게차를 이용해야 했다.

일단 옮기고 난 후에는 코끼리의 사체를 처리하는 것이 또 큰 고민거리였다. 라오스에서는 코끼리가 죽으면 그냥 들판에 방치해둔다. 하지만 우리나라에서 그렇게 하면 불법이다. 폐기물 관리법에 따르면 동물의 사체를 아무 곳에나 내버려서는 안 된다. 전염병에 걸린 동물 사체는 땅에 파묻고, 그렇지 않은 사체는 생활 쓰레기봉투에 넣어 배출하거나 '소각'해야 한다. 소각도 그냥 아무 데서나 하면 안 되고 지정

된 소각업체에 의뢰해야 한다. 그래서 큰 동물원에서는 자체적으로 소각장을 보유하고 있기도 하다.

문제는 우리나라에 코끼리 크기를 감당할 만한 쓰레기봉투는 물론 소각로도 없다는 것이었다. 코끼리가 세상에서 가장 큰 동물이자 원래 우리나라에 없던 동물이니, 그만한 소각로가 있을 리 만무했다. 그러니 코끼리를 소각하려면 먼저 소각장에 들어갈 수 있는 크기로 분해해야 했다. 이 작업에는 소를 다루는 도축장의 직원들이 동원되었다. 이들은 톱으로 코끼리 사체를 수십 조각으로 분해했다. 톱질이 빠른 전문가들인데도 초저녁에 시작된 분해 작업은 새벽이 다 되어서야 겨우 끝났다. 그 과정을 밤새 지켜보았던 코끼리월드의 정 이사는 나중에 이렇게 소감을 전했다.

"코끼리 몸이, 이건 뭐 바위 덩어리예요. 그걸 전기톱으로 자르는데 하도 딱딱하니까 자르다 보면 전기톱이 서버려요. 전기톱을 갈아가면서 잘라야 했지요. 휴, 힘들었죠."

나도 동물원에서 기린이 죽었을 때 비슷한 경험을 했다. 나와 사육사들이 열 명도 넘게 달려들어 하루 종일 기린의 사체를 자르고 또 잘랐다. 기린이 죽은 직후만 해도 기린과의 추억도 떠오르고 가족을 잃고 남은 기린이 안쓰럽기도 해서 울적한 마음이었건만, 사체를 붙잡고 오랜 시간 낑낑대다 보니 나중에는 그저 무덤덤해지고 말았다.

코끼리월드는 사체 소각을 마친 후, 쿤의 죽음을 환경청에 신고했다. 환경청의 승인을 받고 들어온 동물은 사육지 이동이나 죽음 같은 변동 사항이 생길 때마다 환경청에 알려야 한다. 죽음을 신고하는 것을 끝으로, 이 사건은 공식적으로 일단락되었다.

하지만 이 일이 코끼리월드에 남긴 여파는 컸다. 금전적인 손해도 손해지만 분위기가 가라앉은 것이 더 큰 문제였다. 쿤은 그전까지만 해도 건강에 별다른 이상 징후를 보이지 않았다. 그런데도 그렇게 갑자기 숨을 거두었으니 다른 코끼리들도 언제 무슨 일이 생길지 알 수 없었다. 코끼리와 함께 온 조련사들도 의기소침해했다.

그 침체된 분위기 속에서 코끼리월드의 대표인 김 회장은 다시 의욕을 다졌다.

"내가 내린 결론은 코끼리들을 잘 먹이지를 못했다, 먹이에 문제가 있었다, 이거였지. 나도 시골 출신이니까 소 키우던 기억이 있어요. 이 코끼리들을 소 키우듯이 잘 먹여서 키워야 되겠다, 영양식이 뭐가 있을까 생각하게 됐지."

일종의 '범동물적' 공감대였을까? 원인을 끝내 알 수 없었던 쿤의 죽음 앞에서, 김 회장은 기억 저편에 있던 소에 대한 추억을 되살려냈다. 우리가 어릴 때만 해도 농사짓는 시골 마을에서 소는 집안의 소중한 노동력이자 재산이자 벗이었다. 어른은 물론 아이들도 여물을 챙기고 외양간을 치우며 열심히 소를 키웠다. 김 회장도 어릴 때 시골에서 소를 먹이던 소년이었다. 소를 살뜰히 보살폈던 경험이, 귀한 짐승을 잘 키우려면 일단 잘 먹여야 한다는 것을 회감됐으로 떠올리게 됐니

보다.

　코끼리월드는 코끼리들의 식단을 확 바꾸었다. 그때까지 코끼리월드에서 코끼리에게 준 먹이는 수입한 건초가 전부였다. 이는 국내 동물원에서도 마찬가지다. 하지만 쿤의 죽음 이후, 조련사들은 신선한 생풀을 직접 베어와서 먹였다. 주식 외에 영양식도 챙겼다. 쌀겨, 호박, 고구마, 당근, 건빵 등 좋다는 음식은 가리지 않고 아낌없이 주었다. 모두 김 회장이 시골에서 소에게 주던 음식들이었다. 실제로 소의 여물은 농가에서 나오는 여러 부산물이 들어 있기 때문에 상당한 고영양식으로 대부분 코끼리에게도 훌륭한 식단이 된다. 양파, 마늘 같은 자극적인 채소를 제외하고 대부분의 자연식은 웬만한 초식동물에게 잘 맞게 마련이다. 나도 대관령 목장에서 일할 때 질 좋은 우유를 만들려고 직접 재배한 생풀이나 그 생풀로 만든 건초, 거기다 종종 도토리와 야생 풀을 소들에게 먹이곤 했다. 당시엔 나도 소를 꽤 잘 먹인다는 자부심이 있었는데, 그 대관령 소들도 이때의 코끼리 식단을 본다면 부러워하며 입맛을 다실 게 확실하다. 그만큼 코끼리의 식단은 훌륭하게 변모했다. 현지인 라오스에서조차 비용 때문에 감히 엄두를 내지 못한 식단이다. 우리나라에서도 그렇게 먹이자면 적잖은 비용이 드는데, 당시 코끼리 공연장 사업이 적자를 내던 시기임을 감안하면 김 회장이 이 코끼리들에게 들인 애정이 참 남달랐던 셈이다.

　먹이가 달라지니 안 그래도 덩치 큰 코끼리들이 더욱 살이 오르기 시작했다. 이후 근 10년 동안 다른 코끼리들이 모두 무탈하게 지냈으니 쿤의 죽음이 그나마 남은 동료들의 인생에 작은 기여를 한 것 같다.

물론 코끼리들의 영양 상태가 좋아졌다고 해서 관람객 수가 늘지는 않았다. 송도 도착 1년 만에 3억 원의 적자가 예상되었다. 2년이 지나자, 코끼리월드는 수도권 근처로 옮겨야 한다는 자명한 결론에 스스로 이르렀다. 이대로는 사업을 지속할 수 없었다. 인천에서의 시간은 코끼리 사육에 익숙해지기, 조련사들과 관계 맺기, 공연장 운영의 경영 노하우 쌓기에 비싼 수업료를 들인 고난의 시기라고 할 수 있었다. 코끼리월드는 다시 승부수를 던지기로 했다. 서울행이라는 승부수였다.

코끼리 공연장을 서울로 옮기면, 밑 빠진 독에 물 붓기였던 송도유원지에서의 부진을 모두 만회할 수 있을까? 코끼리월드에서는 그렇다고 판단했다. 여기서 서울행이란 서울 내부로, 또는 서울 시민이 일상적으로 접근 가능한 경기도 지역의 놀이공원으로 간다는 의미였다. 따라서 타깃은 서울 어린이대공원, 서울대공원, 에버랜드의 세 군데가 되었다. 각 놀이공원마다에 사업 계획서를 넣고, 관련 부서의 담당자를 만나고, 사업 취지를 설명하는 나날이 이어졌다. 하지만 이미 한 번 실패했던 서울행은 쉽지 않았다. 하지만 이번에는 포기할 수 없었다. 차선책이 없었다. 서울행은 코끼리월드가 계속되느냐 아니면 이대로 주저앉느냐를 판가름하는 기준이었다.

마침내 희소식이 날아왔다. 서울 어린이대공원에서 다음 해 상반기 중으로 코끼리 공연장을 열기로 결정을 내렸다. 계약서만 쓰면 시울행이 확정되는 상황이었다. 하지만 계약 조건이 썩 좋지 않다는 게 문제였다.

이 무렵 어린이대공원은 비교적 안정적으로 유지되고 있었다. 관람객 수가 지속적으로 떨어지자 한때 민영화를 통한 활성화 방안이 논의되기도 했지만 1996년에 지하철 7호선 어린이대공원 역이 개통되면서 사정이 나아졌다. 관람객이 서서히 증가하면서 코끼리월드가 한창 서울행에 재도전하고 있던 2004년에는 '어린이대공원 "불황은 없다"'라는 제목을 단 기사가 신문에 실리기도 했다.* 그럭저럭 잘 굴러가고 있던 어린이대공원으로서는 사실 송도유원지처럼 코끼리를 유치해야 할 절박한 이유가 있지는 않았다. 하지만 때마침 제2수영장을 없애면서 자리가 나자 코끼리들을 수용할 여유가 생겼다. 코끼리월드로서는 행운이었다. 수익을 내지 못해 천덕꾸러기 신세를 면치 못하던 코끼리들에게도 '떳떳하게' 정착할 수 있는 제2의 기회였다.

하지만 코끼리가 절실하지 않았던 어린이대공원에 새로 둥지를 틀자면 코끼리월드가 불리한 계약 조건을 감수해야 했다. 어린이대공원이 내건 조건은 공원 측에서 설계한 공연장 포맷으로 시설을 지으라는 것이었다. 송도에 비하면 1/5 정도로 축소된 사이즈였다. 또 그러자면 송도에서 지은 시설을 그대로 버릴 수밖에 없었다. 6억여 원을 들여 완성했던 구조물을 단돈 4000만 원에 고철로 넘겨야 했다. 코끼리

* 《서울신문》「어린이대공원 "불황은 없다"」 (2004.11.18)

월드로선 너무나 큰 손실이었다. 계약서에는 독소 조항이 두 가지 더 있었다. 8년 임대 계약이긴 하지만 1년 단위로 계약을 갱신해야 한다는 것, 그리고 어린이대공원 측이 원하면 언제든 계약이 해지된다는 것. 코끼리월드에서는 이 조항들을 수정하고자 했지만, 어린이대공원은 내부 규정이라 어쩔 수 없다는 이유로 수정을 거부했다. 그것이 나중에 부메랑으로 돌아올지, 그때는 전혀 몰랐다. 그래도 마음에 걸리지 않을 수 없었지만, 김 회장은 내부 규정이라는 말을 최대한 긍정적으로 해석하기로 했다. 마음이 급하니 이 내부 규정이라는 말은 계약서 조항이 어떻든 별 문제가 없을 것이라는 암묵적인 약속처럼 들리기도 했다. "수도권 입성을 위해서는 감수하자고 생각했어요. 설마 별일이야 있겠나 싶었지."

서울행이 급했던 코끼리월드는 더 따지지 않고 계약서에 서명했다. 중력의 법칙에 버금가는 갑을 관계의 법칙이었다.

이제 더 이상 거칠 것이 없었다. 남은 것은 서울행뿐이었고, 서울행에는 흑자의 희망이 있었다. 김 회장은 마음을 굳혔다. 어떻게든 서울에서 승부를 보자고 생각했다. 송도유원지에 온 지 2년 만인 2005년 4월, 남은 아홉 마리 코끼리는 인천 상륙 작전에서 한 마리 희생, 시설비 포함 10억 원의 경영 적자 누적이라는 쓰디쓴 상처를 보듬고 능동어린이대공원으로 이사했다. 코끼리월드 소속의 일꾼으로서 코끼리들에게는 수익을 내야 할 책임이 있었다. 흑자 모델을 찾을 때까지 끊임없이 '이직'해야 하는 이주 동물의 운명이 씁쓸해지는 대목이다.

3장

코끼리,
서울 도심을 질주하다

1. 전대미문의
코끼리 탈출 사건

2005년 4월 20일, 코끼리들이 서울 어린이대공원에 온 지 약 일주일 정도 지났을 때였다. 서울로 이사 온 뒤, 탈 없이 잘 정착하고 있다는 안심이 들 무렵 별안간 커다란 사건이 벌어지고 말았다. 서울에 입성한 것을 전국적으로 광고라도 하려는 듯, 코끼리들이 그날 저녁 뉴스에 등장하는 대형 사고를 치고 만 것이다.

그날도 어린이대공원에서 여느 때처럼 코끼리 퍼레이드가 시작되었다. 일주일 전부터 시작된 코끼리 퍼레이드는 순식간에 큰 인기를 끌었다. 퍼레이드는 공연과는 별도로 어린이대공원에서 코끼리들이 맡은 서비스 업무였다. 봄꽃 축제를 맞아 축제 프로그램이 하나로 주말마다 고적대 퍼레이드가 벌어졌는데 이 고적대 뒤에서 코끼리도 행진하게 한 것이다. 정문에서 출발해 분수대를 지나, 식물원과 동물원 사이의 중앙 길을 따라 팔각정까지 갔다가 돌아오는 코스였다. 코끼리 아홉 마리가 줄을 지어 행진하는 모습은 그 자체로 장관이었다. 위풍당당한 코끼리들은 소풍을 나온 어린이들, 벚꽃 구경을 온 어른들의 환호를 한 몸에 받았다. 고적대 퍼레이드가 없는 평일에는 아예 코끼리만 따로 퍼레이드에 나섰다. 50분 동안의 공연이 끝나면 아홉 마리 코끼리 중 여섯 마리는 퍼레이드를 위해 곧바로 정문으로 이동했다.

그날 오후 2시 30분이 조금 넘은 시각, 코끼리들은 퍼레이드를 위해 정문 앞에서 대기하고 있었다. 퍼레이드가 시작되자 코끼리들은 조련사들에게 이끌려 안쪽을 향해 일렬로 걸어 나갔다.

걷기 시작한 지 얼마 되지 않았을 때 코끼리들은 한 무리의 비둘기와 맞닥뜨렸다. 코끼리가 다가오거나 말거나 비둘기들은 바닥에 떨어진 과자 부스러기를 쪼아 먹는 데 여념이 없었다. 사람들처럼 코끼리들도 자기들을 피해갈 줄 알았던 모양일까? 하지만 조련사들은 비둘기에 아랑곳 않고 코끼리들을 계속 비둘기 쪽으로 이끌었다. 한 발짝만 더 디디면 비둘기를 밟게 될 거리까지 다가갔다. 그제야 비둘기들은 한꺼번에 파드닥 날아올랐다. 그와 동시에 앞장선 코끼리의 입에서 괴성이 튀어나왔다.

빽 소리를 지른 코끼리는 방향을 돌려 정문을 향해 내달렸다. 앞장섰던 코끼리가 흥분해 달리자, 나머지 다섯 마리 코끼리들도 그 뒤를 따라 허겁지겁 움직이기 시작했다. 조련사들이 미처 제지할 틈도 없었다. 코끼리들은 정문의 강철 펜스까지 그대로 들이받았다. 강철 펜스는 싸리문처럼 힘없이 나가떨어졌다.

펜스 밖에는 바로 리어카 노점상들이 있었다. 지금은 거의 사라졌지만 그때만 해도 어린이대공원 정문 앞 광장에는 노점상이 즐비했다. 코끼리들이 그대로 돌진한다면 아수라장이 되고 만다. 다행히 그 와중에도 코끼리들은 리어카와 사람을 요리조리 피해 달렸다.

그동안 좁은 우리 안에서 사느라 마음껏 달리지 못한 한이라도 풀려는 것이었을까? 마치 코끼리도 뛰는 법을 안다는 것을 과시하기라도 하듯, 코끼리들은 온 힘을 다해 서울 시내를 질주했다. 마침내 구의사거리에 이르렀다. 약 1킬로미터를 쉬지 않고 달려온 셈이었다. 코끼리들은 구의사거리에서 제각기 흩어지기 시작했다.

여기서부터 한낮의 질주는 하나씩 멈추었다. 제일 먼저 붙잡힌 것은 동부경찰서(현 광진경찰서) 근처로 간 코끼리였다. 이 코끼리를 뒤따라간 조련사는 어느 건물 근처에서 서성이는 코끼리를 발견하고는 재빨리 다가가 능숙하게 건물 안쪽 주차장으로 유인했다. 그런데 유인하고 보니 이 건물이 하필이면 경찰서였다. 코끼리가 숨을 고르는 사이, 조련사는 순식간에 쇠줄로 코끼리의 다리와 코를 묶었다. 경찰서에서 사람들이 우르르 몰려나와 이 신기한 광경을 구경했다. 경찰서장은 아예 코끼리 옆에서 기념사진을 찍었다. 발목을 포박당해 겨우 걷는 것만 가능해진 코끼리 모습이 흡사 죄인의 모습처럼 보였던 걸까? 경찰들은 코끼리가 제 발로 자수하러 왔다며 농을 주고받았다.

한 마리는 천호대로를 따라 계속 달려 천호대교에 접어들었다. 조금만 더 기세를 올리면 한강을 건너 송파구에 도달할 수 있었지만 코끼리는 겁이 났는지 지레 속도를 줄였다. 뒤따라온 조련사는 코끼리를 따라잡은 뒤 진정시켜 완전히 멈추게 했다. 그리고 재빨리 코끼리의 네 다리를 줄로 연결해 묶었다.

두 마리는 이렇게 사고 없이 수습되었지만, 나머지 코끼리들이 문제였다. 한 마리는 경복초등학교와 선화예술고등학교 근처의 주택가 골목으로 들어갔다. 마침 그곳에서는 동네 주민인 노인순 씨가 골목에 서서 집주인 이혜자 씨와 이야기를 나누고 있었다. 노 씨는 코끼리가 지나가는 와중에 부상을 입고 병원으로 실려갔다. 이혜자 씨는 그때의 상황을 이렇게 이야기했다.

"수도 요금 고지서가 나왔다고 이야기하고 있었어요. 그런데 뒤를 돌아보니 언덕 쪽에서 코끼리가 다가왔어요. 갑자기 코끼리가 코로 노인순 씨를 들이밀어서 노인순 씨는 넘어졌고 나는 너무 무서워 달아났죠."*

다른 버전의 증언도 있다. 인근 공사장에서 현장을 목격했다는 주민의 말이다.

"코끼리가 골목길을 활보하다가 아줌마를 머리로 받아서 쓰러뜨

* 《연합뉴스》 「한낮 시내에 코끼리 탈출 소동」 (2005.4.20)

렸어요."*

사고를 낸 코끼리는 주택가 안쪽으로 계속해서 걸음을 옮겼다. 그러다 골목길에 주차되어 있던 박소정 씨의 승용차를 스치는 바람에 트렁크 부분이 약간 찌그러졌다. 이날 소동의 첫 번째 재산 피해였다.

이 코끼리의 사고는 여기서 끝나지 않았다. 코끼리는 어느 주택의 마당으로 쑥 들어갔다. 이 집에서만 30년을 살아온 서수원 씨의 집이었다. 서수원 씨 부부는 정원의 화단을 가꾸는 것이 취미였다. 희귀한 야생화도 어렵게 구해 심어놓았다. 하지만 코끼리가 들이닥치자마자 정원의 꽃들은 코끼리 발에 순식간에 짓이겨졌다. 외출했다가 돌아와 이 광경을 맞닥뜨린 서 씨는 황망한 표정을 거두지 못했다.

화단이 엉망진창이 된 뒤에야 도착한 조련사는 당근을 주며 코끼리를 달래려 애썼다. 하지만 짓이긴 꽃에서 나는 향기가 코를 자극해서일까, 노련한 조련사가 갖은 애를 썼는데도 코끼리가 완전히 진정되기까지 네 시간이 걸렸다.

그사이 나머지 세 마리는 구의사거리 근처의 막다른 주택가 골목에서 우왕좌왕하다가 조련사에게 붙잡혔다. 코끼리 탈출 사건은 이쯤해서 마무리되는가 싶었다. 하지만 이날의 하이라이트는 이다음에 벌어졌다.

구의사거리 근처에서 잡힌 세 마리 코끼리들은 조련사에게 이끌려

* 《경인닷컴》「어린이대공원 코끼리 집단 탈출 대소동」 (2005.1.20)

순순히 어린이대공원 쪽으로 향했다. 코끼리들이 대공원의 옆문으로 막 들어가려 할 때였다. 갑자기 뒤에서 경찰차의 사이렌 소리가 요란하게 들려왔다. 그 소리를 시작으로 사건은 예상할 수 없는 방향으로 걷잡을 수 없이 흘러갔다.

공원 근처에는 미가라는 이름의 식당이 있다. 미가를 운영하는 금택훈 사장은 이날 아침 남편에게서 꿈 자랑을 들었다. 노무현 대통령을 만나 웃통을 벗고 함께 수영을 했다는 것이었다. 하지만 금 사장은 귀담아듣지 않았고 여느 때처럼 식당 일로 분주한 하루를 보냈다. 손님이 뜸한 오후, 저녁 장사 준비를 하고 있는데 식당 밖이 시끌시끌했다. 나가 보니 코끼리 세 마리가 어린이대공원 쪽으로 가고 있었다. 금 사장도 구경꾼들 사이에 끼어 그 모습을 신기하게 바라보았다.

그런데 사이렌 소리가 들리자마자 코끼리들이 갑자기 방향을 틀더니 길을 건너 식당 쪽으로 달려오기 시작했다. 금 사장을 비롯한 사람들은 혼비백산해서 사방으로 흩어졌다. 코끼리들은 속력을 늦추지 않고 미가 식당으로 그대로 돌진했다.

대형 유리가 와장창 깨지며 코끼리들이 식당 안으로 들이닥쳤다. 탁자가 우지끈 동강 나고 에어컨이 부서지고 벽이 움푹 파였다. 식당 안은 금세 난장판이 되고 말았다. 폭탄이라도 맞은 꼴이었다.

식당 안에는 직원 한 사람이 남아 있었다. 이 직원은 난데없이 코끼리들이 세 마리나 들어오자, 손님용 방석을 넣어두는 장롱 안에 몸을 숨겼다. 그리고 침착하게 사태를 살피다가 코끼리들 사이로 재빨리 빠져나와 식당 밖으로 탈출했다. 식당 직원의 기지로 인명 피해가 없었던 것이 그나마 다행이었다.

사태가 커지자 경찰차에 이어 소방차까지 출동했다. 조련사 외에도 경찰관 마흔 명, 소방관 여든 명, 구급차 세 대, 소방차 아홉 대, 그리고 포획용 우리를 실은 차량 세 대까지 코끼리 포획 작전에 동원되었다. 일단 코끼리들이 흥분을 가라앉히기를 기다렸다가 조련사들이 당근을 들고 식당 안으로 들어갔다. 입구까지 유인하긴 했지만 코끼리들은 쉽사리 나올 생각을 하지 않았다. 경찰관과 소방관 들이 코끼리 목과 다리에 묶인 끈을 잡아당겨 겨우 우리에 집어넣을 수 있었다. 세 마리가 모두 우리에 들어갔을 때는 이미 해가 져 어둑해진 뒤였다.

광주에 사는 나는 서울에서 벌어진 이날의 사건 소식을 저녁 뉴스를 보고서야 알았다. 그날 저녁 뉴스와 다음 날 일간 신문에서까지 이 사고뭉치 코끼리들은 단연 최고의 뉴스가 되어 있었다. 나는 코끼리 소식이 실린 뉴스들을 꼼꼼하게 살펴보았다. 기사의 내용은 대동소이했는데, 코끼리들을 바라보는 입장은 한결같았다. '난폭'한 코끼리들이 '난동'을 부렸다.

그렇게 코끼리들에게는 폭도라는 딱지가 붙어 있었다. 몇 시간 동안 만끽한 해방감에 대한 대가였으리라. 비록 사고를 치긴 했지만, 코끼리들에게 폭도라는 낙인을 찍는 것이 온당한 처사일까? 나는 사건의 경과 과정을 살펴보면서, 코끼리들의 입장에서는 억울한 점이 꽤 많겠다는 생각이 들기 시작했다.

2. 오해가 부른
   과잉 대응

어린이대공원 코끼리 탈출 사건이 시작되던 순간을 떠올려보자. 코끼리들은 퍼레이드를 하던 중 비둘기 떼가 갑자기 날아오르자 괴성을 지르고 밖으로 달려 나갔다. 덩치는 산만 한 코끼리가 고작 그런 일에 놀랄까 싶지만, 코끼리는 진심으로 깜짝 놀랐을 것이다. 사실 이때 코끼리가 내지른 괴성에 담긴 감정은 놀라움을 넘어 두려움이었다고 표현해야 정확하다. 또 무리 지어 살며 감정을 활발히 교류하는 특성상, 코끼리 한 마리가 느낀 두려움은 그 자리에 있던 모든 코끼리에게 삽시간에 전염되었을 것이다.

코끼리는 초식동물 특유의 겁쟁이들이라 조그만 일에도 잘 놀라는 특징이 있다. 나도 수의학 교과서에서 그렇게 배우긴 했지만, 실제로 코끼리들을 돌보면서 코끼리들이 겁을 내는 모습을 여러 번 목격하고 나서야 비로소 그것을 실감했다. 코끼리들은 평소에 사육장 주변에 작은 강아지나 고양이만 어슬렁거려도 화들짝 놀라곤 했고 어린이 관람객의 장난감에서 나는 이상한 소리만 들어도 눈을 두리번거리며 불안해했다.

더구나 어린이대공원에서 사고가 나던 날은, 낯선 곳으로 이사 온 지 며칠 되지도 않았을 때였고 코끼리들은 쉬는 시간을 줄여가며 퍼레이드를 하던 상황이었다. 이미 정신적, 육체적 스트레스가 평소보다 높은 상태였을 것이다.

하지만 코끼리들이 어린이대공원 밖으로 나가고도 한참을 내달린 데에는 두려움 이상의 어떤 감정이 작용했는지도 모른다. 계속 달리면서 코끼리들은 억눌려 있던 본능이 되살아나는 느낌을 받은 것은 아닐까. 야생에서 코끼리 무리는 한곳에 오래 머무르지 않는다. 넓은 공간 안에서 끊임없이 이동하며 살아간다. 태어나자마자 말뚝에 발이 묶인 채 사람 손에 길러진 코끼리라 해도 그 유전자에는 수천만 년 동안 진화의 과정을 거쳐 형성된 이동 본능이 깊숙이 각인되어 있다. 이런 본능을 이해하지 않고, 탈출했다고 무조건 난폭한 맹수처럼 취급하는 것은 온당하지 않다.

실제로 코끼리들은 질주 본능만 충족했을 뿐, 그 누구도 일부러 다치게 하지 않았다. 탈출 직후 코끼리들은 노점상도, 자동차도, 행인도 잘 피해 다녔다는 것이 그 증거이다. 코끼리를 잘 안다면 이것도 전혀 놀라운 일이 아니다. 영리하고 온순한 코끼리는 이유 없이 남을 해치지 않는다. 그래서 어느 주민이 코끼리 때문에 병원에 실려 갔다는 기사에도 오해가 조금 있으리라 짐작한다. 거꾸로 생각해보면, 사실 코끼리가 마음만 먹는다면 힘으로 사람의 목숨을 앗아 가는 것쯤은 일도 아니다. 사람이 코끼리에게 제대로 들이받히면 자동차에 받힌 것과 맞먹는 충격을 받게 된다. 코끼리가 코를 사람 어깨에 턱 얹기만 해도 어깨뼈에 손상을 입힐 수 있을 정도이다. 그런데 코끼리가 코로 들이미는 바람에, 또는 머리로 들이받는 바람에 입은 부상이 뒷머리기

찢어지는 정도였다? 나는 그보다는 코끼리가 갑자기 오니까 놀라서 피하려다가 다친 것은 아닐까 생각한다. 적어도 코끼리와 직접 몸이 닿지는 않았을 것이다. 만약 정말로 닿았더라도 코끼리라는 동물의 특성을 고려하면 또한 피해자의 부상 정도를 감안하면 코끼리가 작정하고 사람을 들이받지 않은 것은 확실하다.

이런 점을 생각할 때 가장 안타까운 것은 사건 당시 경찰의 출동 과정이다. 경찰은 코끼리가 사자나 호랑이 급의 맹수라고 생각하고 그에 기준해 대응했을 것이다. 코끼리의 덩치만 보고 위협을 느낄 수는 있지만, 코끼리를 조금만 더 잘 알았더라면 요란한 사이렌을 울리지 않고도 사태를 잘 수습할 수 있었으리라는 아쉬움이 크다. 후에 코끼리월드의 정 이사도 이렇게 아쉬움을 토로했다.

"사이렌을 울리는 바람에 코끼리들이 또 놀란 거죠. 경찰이 사이렌을 울릴 이유가 전혀 없었단 말입니다. 코끼리들은 점잖게 오고 있었잖아요."

점잖은 동물 코끼리는 사이렌 소리에 놀라 식당을 난장판으로 만들긴 했지만, 그 직후 공포에 사로잡힌 채 일제히 식당 구석에 머리를 처박고 있었다. 겁에 질려 도망칠 곳을 찾다가 막다른 곳에 몰린 셈이었다. 그런데도 밖에서는 여전히 경찰차가 사이렌을 울리고 어느새 몰려든 기자들은 반원형으로 진을 치고 플래시를 터트리니 코끼리들은 도무지 진정할 수가 없었을 것이다. 그 와중에 경찰은 여차하면 마취총을 쏘거나 사살을 해야 할지 모른다며 극단의 대책을 강구하고 있었다. 커다란 동물 앞에서 경찰이 느꼈을 당혹감은 충분히 이해하지 만 만약 이때 정말로 경찰이 극단적인 방법을 취했더라면? 상상만으 로도 아찔하다.

어찌 보면 코끼리에 대한 우리의 무지가 사건을 키운 셈이니, 코끼 리에게 폭도라는 누명을 씌우는 것은 적절하지 않다. 다행스러운 것은 코끼리들을 폭도로 묘사한 언론 기사들이 줄을 이어도, 내 주변에는 이 사건을 한바탕 즐거운 이벤트처럼 기억하는 사람들이 더 많았다 는 것이다. 도로를 내달리는 코끼리의 질주에서 함께 해방감을 맛보았 기 때문일까? 실제로 코끼리 탈출 사건은 이후 사회 곳곳에 아름다운 흔적들을 남겼다.

3. 코끼리가 지나간 자리에 피어난 행운들

코끼리 탈출이라는 이색적인 사건의 여운은 꽤 오랫동안 은근히 지속 되었다. 곳곳에서 즐거운 행운과 아름다운 예술이 피어나기도 했다.

코끼리가 들어갔던 식당 미가는 사건 이후, 입소문을 타며 식당 매 출이 20퍼센트나 올랐다. 금 사장은 피해 보상금으로 식당 안을 리모 델링하면서 코끼리 세 마리가 그려진 간판을 새로 만들어 달았다. 가 게 이름도 아예 '코끼리 들어온 집 미가'로 바꾸었다. 또 시아버지가 선물한 코끼리 조각품을 식당 입구 안쪽에 장식해놓고 벽에는 당시의 신문 기사를 스크랩해서 액자로 만들어 걸어놓았다. 메뉴판에는 새로운 메뉴도 개발해 넣었다. 이름 하여 '코끼리 정식'이다. 불고기도 있고 생선도 있는 메뉴여서, 초식동물인 코끼리의 식성과 밀접한 관계가 있는 것 같지는 않다. 그래도 코끼리 탈출의 추억이 색다른 맛을 가미해줄 것 같다.

일본의 어느 방송사가 미가의 리모델링 과정을 찍어 다큐멘터리로 방송한 뒤로는 일본 관광객들까지 부러 찾아오기도 했다. 마케팅 전문가들은 미가의 사례를 스토리텔링 마케팅의 모범 사례로 추켜세웠다. 조금 호들갑스럽지만 언론에서는 역술인의 분석까지 동원해 식당의 번창을 기원해주었다.

"코끼리가 식당의 나쁜 기운을 눌러줬기 때문에 앞으로 금전운이나 각종 행운이 따라올 겁니다. 전날 대통령 꿈을 꾼 것은 높은 존재를 만나는 것을 말하는데 이는 동물의 왕 축에 끼는 코끼리를 만나는 것으로 해석할 수 있습니다."*

사건 이후 여러 호재가 생기자, 금 사장은 어린이대공원을 찾아가 코끼리들에게 당근 1킬로그램을 선물하기도 했다. 이쯤 되면 코끼리는 폭도가 아니라 복덩어리인 셈이다.

코끼리는 식당의 매출을 올려주었을 뿐 아니라, 예술가에게 영감

---

* 《헤럴드경제》「 '코끼리 난동' 식당 대박」 (2005.5.20)

의 원천이 되기도 했다. 그룹 부활의 리더이자 「마지막 콘서트」, 「네 버엔딩 스토리」 같은 유명한 노래를 만든 작곡가 김태원은 이날의 소 동을 토대로 「4.1.9 코끼리 탈출하다」라는 기타 연주곡을 만들었다. 2005년에 부활 10집 앨범 「서정」에 수록된 이 곡은 원래 1986년에 영 화 「미션」을 위해 엔니오 모리코네가 작곡한 「가브리엘의 오보에」를 모티브로 한 것이다. 그런데 이 음악과 코끼리가 무슨 관련이 있을까? 한 라디오 방송에서 김태원은 이 곡의 제목을 지은 동기를 이렇게 설 명했다.

"코끼리가 동물원에서 뛰쳐나와 서울 시내를 활보한 사건이 있었 어요. 그때 오랫동안 갇혀 있던 코끼리들이 자유를 찾아 나온 게 너무 좋아 보여서 「4.1.9 코끼리 탈출하다」라는 곡을 만들었습니다."*

동물원을 탈출한 코끼리의 자유로운 질주는 예술가에게 더욱 의 미심장하게 다가왔나 보다. 뉴스에서는 폭도에 지나지 않았던 코끼리 가 예술가의 시선에 포착되면서 자유의 상징으로 탈바꿈했다. 「4.1.9 코끼리 탈출하다」는 전자 기타 연주곡이지만, 들어보면 아주 서정적 이고 아름다운 곡이다. 폭도 이미지는 간데없고, 자유를 만끽하는 맑 은 영혼만 느껴진다. 코끼리는 결코 알지 못하겠지만, 음악을 통해 코 끼리와 한국의 유명한 음악가가 귀한 인연을 맺은 셈이다.

이 곡은 어느 유기견을 위로해주기 위해 연주되며 방송도 탔다.

* MBC 라디오 「오늘 아침 이문세입니다」 (2010.10.15)

2010년 KBS 예능 프로그램 「해피 선데이-남자의 자격」에서 '남자, 사랑에 눈뜨다'라는 주제로 멤버들이 유기견과 함께 지내는 미션을 수행했다. 김태원이 맡은 유기견은 온통 까만 털로 뒤덮인 강아지 깜돌이. 과거 사람에게 구타당했던 기억 때문에 낯선 사람을 경계하던 깜돌이와, 개를 돌보는 데 익숙지 않은 김태원의 사이는 겉돌기만 한다. 김태원이 깜돌이를 집으로 데려가 통조림도 건네고 장난도 쳐보지만 깜돌이는 눈길 한번 건네지 않는다. 방 한구석에 가만히 누워 미동도 하지 않는 깜돌이를 지켜보던 김태원은 불현듯 기타를 들고 이 곡을 연주해주기 시작한다. 가만히 귀를 기울이는 듯 연주를 듣던 깜돌이가 눈을 끔뻑이며 조금씩 안정을 찾아가던 모습이 아직도 생생하게 기억난다. 사연을 알고 들으니, 마치 동물원을 탈출한 자유로운 코끼리가 상처 입은 유기견에게 위로를 건네는 것처럼 느껴지기도 했다.

부활은 2010년에 서울의 홍대 앞에 카페를 냈는데 그 카페 이름이 또 '코끼리 탈출하다'이다. 식당 미가에 이어 코끼리가 서울 시내 간판에 다시 한 번 등장한 것이다.

그런데 의아한 점이 하나 있다. 「4.1.9 코끼리 탈출하다」라는 제목에서 이 숫자의 의미가 궁금해 알아보니 코끼리 탈출 소식을 접한 날짜라고 한다. 그러나 실제로 사건이 일어난 것은 하루 뒤인 4월 20일의 일이다. 설명대로라면 「4.2.0 코끼리 탈출하다」가 되어야 맞다. 어쩌다 날짜를 하루 착각한 것 같다. 하지만 나는 이 실수가 어쩌면 의도적인 것일지도 모르겠다고 상상해본다. 4, 1, 9라는 숫자는 자연스럽게

4·19 혁명을 연상시키기 때문이다. 4·19 혁명은 국민의 힘으로 독재자를 끌어내리는 데 성공했다는 점에서 우리 현대사의 가장 의미 있는 사건 중 하나다. 하지만 그 힘이 지속되지 못해 결국 군사 독재 정권이 들어서고 말았다는 점에서 미완의 혁명이기도 하다. 탈출했던 코끼리들 역시 결국 다시 어린이대공원으로 돌아갔으니 미완의 탈출이었던 셈이다. 그러니 4.1.9라는 숫자도 코끼리 탈출 사건과 영 어색하지는 않은 것 같다.

사건이 일어난 4월 20일로부터 아흐레가 지난 4월 29일에 어린이대공원에서는 코끼리 공연이 재개되었다. 특히 5월 1일까지 사흘 동안 오전 11시 공연은 무료로 개방되었다. '속죄의 공연'이라는 타이틀을 붙인 채. 그간 중단되었던 코끼리 공연이 다시 시작된다는 소식이 들리자, 매표소 앞에는 사람들이 장사진을 이루었다. 코끼리 탈출 사건이 대대적으로 보도된 것이 곧 공연 홍보가 된 셈이었다. 뉴스를 보고 안전사고가 우려된다며 단체 관람을 취소한 유치원들도 없지 않았지만, 그보다는 호기심에 일부러 찾아오는 사람이 더 많았다. 관람석은 코끼리들이 한국에 들어온 이래로 가장 붐볐다.

관람객들의 호응에도 불구하고 코끼리 공연 외에 코끼리 퍼레이드는 재개되지 않았다. 코끼리들은 공연을 할 때 외에는 계속 우리 안에서만 지내는 신세가 되었다. 혹시라도 코끼리들이 한 걸음이라도 밖으로 내딛지 못하도록 우리 주위에는 쇠파이프가 촘촘히 둘리겠다.

비록 감시의 눈길이 더 강해지기는 했지만, 그렇게 모든 것이 제자리로 돌아가는 듯했다. 하지만 어린이대공원은 더 이상 코끼리들의 '제자리'가 아니었다. 셋방살이의 고단함은 방을 비워 달라는 집주인의 요구가 어느 날 갑자기 날아들지도 모른다는 불안에서 온다. 코끼리들에게 그 요구는 어느 날 갑자기, 예상보다 훨씬 빨리 찾아왔다.

4장

빛고을 광주에 마련한
새로운 안식처

1. 어린이대공원과 코끼리월드의 줄다리기

어린이대공원의 코끼리 공연은 선풍적인 인기를 끌었다고 할 만큼은 아니지만 그래도 제법 자리를 잡아갔다. 평일에는 유치원 어린이들의 단체 관람이, 주말에는 가족 단위의 관람이 꾸준히 이어졌다. 어린이대공원으로 옮긴 첫 해에는 새로 공연장을 짓느라 비용이 들었는데도 손익분기점을 맞추는 데 성공했고 그다음 해부터는 흑자를 낼 수 있었다. 3년째 들어서부터는 잘하면 되겠다 싶은 장밋빛 희망도 가질 수 있었다. 사육도 안정화되었고 코끼리도 건강해졌고 모든 것이 톱니바퀴처럼 순조롭게 잘 돌아가나 싶었다. 그러나 이 서울 시절도 만 3년을 채 넘기지 못하고 갑자스럽게 제동이 걸리고 말았다.

2008년 초에 어린이대공원은 코끼리월드에 일방적으로 계약 종료를 통보했다. 키즈센터라는 새로운 건물을 지을 자리가 필요해서 코끼리 공연장을 철수시키기로 했다는 것이었다. 코끼리월드로서는 전혀 예상하지 못한 일이었다. 비록 계약서에 어린이대공원 측이 원할 경우 언제든 계약 해지가 가능하다는 조항이 있긴 했지만 최소한 10년 이상은 계약이 지속되리라고 기대해왔기 때문이다. 큰돈을 들여 공연장을 새로 지은 것도 그런 기대 때문이었다.

코끼리월드는 강력하게 반발했지만 어린이대공원은 요지부동이었다. 게다가 키즈센터가 건설된다는 사실이 언론에 대대적으로 보도되기까지 했다. 코끼리 공연장 철수는 이미 기정사실화되었다.

상도의를 내세우는 것만으로는 어찌할 수 없는 상황임을 깨달은 코끼리월드는 철수 불가를 주장하는 대신 한발 물러났다. 키즈센터는 건설 계획만 확정되었을 뿐, 기본 설계도조차 나와 있지 않았다. 실제 착공에 들어가려면 최소한 이듬해까지는 기다려야 했다. 코끼리 공연장이 당장 없어진다면 그 자리를 1년 이상 빈 땅으로 놀려야 하니 어린이대공원으로서도 손해였다. 코끼리월드는 착공 전까지만이라도 코끼리 공연을 계속하겠다고 제안했다. 하지만 어린이대공원은 코끼리 공연장을 당장 철수해야 한다는 처음 입장을 고수했다. 착공 시기에 관계없이 무조건 기존 시설을 먼저 철수하는 것이 내부 규정이라는 이유였다.

코끼리월드는 철수를 거부하고 버티기에 들어갔다. 물론 코끼리 공연도 계속했다. 어린이대공원의 부당한 처사에 항의하기 위해서가 아니었다. 당장 어린이대공원에서 나오면 아홉 마리나 되는 코끼리들이 어디로 간단 말인가. 더구나 때는 겨울이었다.

하지만 당장은 버틴다 해도 결국 철수를 피할 수는 없었다. 하루라도 빨리 새로운 장소를 확정해야 했다. 서울대공원이나 에버랜드에 또다시 의사를 타진하기는 여의치 않았고 그렇다고 송도유원지로 되돌아가는 것은 망하자고 작정하는 것과 다름없었다.

코끼리월드는 수도권이 힘들다면 차선은 반드시 충청권이나 경남권이어야 한다고 판단했다. 충청권은 수도권의 인구를 끌어들일 수 있는 마지노선이었고, 경남권은 부산과 울산의 인구수로 볼 때 아쉬운 대로 수지를 맞출 수 있을 듯했다. 코끼리월드는 꼭 3년 전처럼 사업계획서를 들고 충청권과 경남권의 동물원과 놀이공원 들을 돌기 시작했다. 하지만 곳곳을 아무리 돌아다녀 보아도 코끼리들이 갈 만한 장소는 눈에 띄지 않았다. 부지가 적당하다 싶으면 임대료가 너무 높았고, 임대료가 적당하다 싶으면 부지가 너무 협소했다.

충청권과 경남권에서 별 소득이 없자 코끼리월드는 전라권으로 눈을 돌려보았다. 애초에 인구가 너무 적어 염두에 두었던 곳이 아닌만큼 큰 기대는 없었다. 마침 정 이사가 이 지역 출신이라 고향 사정을 잘 알고 있었다.

"그 동네는 인구가 많지 않아요. 전라남도와 전라북도를 합쳐보아도 인구가 얼마 안 돼서 코끼리 사업을 하기엔 타산이 맞지 않는다고 생각했죠. 그래도 하도 답답하니까 거기라도 가 보자 해서 간 겁니다."

그렇게 해서 마침내 코끼리월드에서 우치동물원까지 찾아오게 되었다. 이때만 해도 코끼리월드는 코끼리를 향한 우치동물원의 애달픈 짝사랑을 전혀 모르고 있었다. 우치동물원은 코끼리를 들이지 못해 수십 년째 애태우고 있던 차였다.

2. 사직공원에서 시작한
광주 동물원의 작은 역사

빛고을 광주는 바로 나의 고향이기도 하다. 이곳에 자리한 우치동물원은 광주시 북구 생용동의 우치공원 안에 있는 동물원이다. 광주 시내에서도 좀 떨어진 변두리에 자리하고 있는데다 광주, 전남 지역 외에는 잘 알려져 있지 않아 작은 사설 동물원 같지만, 알고 보면 서울대공원에 이어 국내에서 두 번째로 큰 동물원이다. 게다가 꽤 유서 깊은 동물원이기도 하다.

우치동물원의 역사는 곧 광주 전남 지역 동물원의 역사라고 해도 과언이 아니다. 그 시작을 거슬러 오르다 보면 태종 3년인 1403년에 광주에 설치된 사직단까지 닿는다. 광주와 서울을 비롯해 전국 십여 군데에 설치된 사직단에서는 해마다 토지의 신과 곡식의 신에게 제사를 지냈다. 하지만 나라가 일본으로 넘어가는 와중에 사직단의 제사는 폐지되었고 일제강점기인 1920년대에 광주 사직단 주변에는 공원이 조성되었다. 이것이 지금 광주시 남구 사동에 있는 사직공원이다. 그리고 1971년 4월 17일에 이 사직공원 안에 동물원이 문을 열었다.

사직공원 안에 동물원을 열겠다는 계획이 나온 계기가 재미있다. 올해 여든일곱으로, 세 권짜리 책『광주 100년』을 지었을 만큼 광주 근대사의 산증인으로 통하는 박선홍 선생은 이렇게 회고한 바 있다.

"한일 국교가 정상화되자 교포들의 내왕이 활발해졌어요. 당시 교포 중에서 고향을 위해 뭔가 해주고 싶다는 뜻을 밝힌 이가 있었고, 광주시는 동물원 조성을 요청한 겁니다."*

당시에는 광주에 부족한 시설이 한두 가지가 아니었는데 왜 하필 동물원을 요청했을까? 몇 년 앞서 1965년에는 부산에, 1970년에는 대구에 동물원이 생겨난 것을 의식했기 때문이었을까? 물론 이것은 내 추측일 뿐이다. 어쨌든 이 무렵 지방에도 동물원 시대가 열리기 시작했다. 1960년대 초에 본격적으로 시동을 건 경제개발이 성과를 보기 시작하면서 사회 전체가 조금은 여유를 갖게 된 증거라고 보아도 좋겠다.

사직동물원은 처음에는 아주 작은 동물원이었다. 22종 51마리의 동물과 함께 출발했다. 그중 코끼리는 포함되어 있지 않았다. 기증자는 코끼리도 사 주겠다고 제안했지만 동물원 측에서 거절했다고 한다.

---

* 《광주드림》 「신성한 사직단에 펭귄들 '으므겅'」 (2010.7.20)

장소가 협소해 코끼리까지 수용하는 것은 도저히 무리였기 때문이다.

비록 규모가 작아도, 코끼리가 없어도 어쨌든 사직동물원은 호남 최초의 동물원이었다. 특별한 볼거리가 부족하던 그 시절, 사직동물원은 금세 지역의 대표적인 명소로 떠올랐다. 어린이날이면 몰려든 인파로 동물원 안은 발 디딜 틈이 없었다. 조금 과장해서 이야기하자면, 광주와 전라남북도의 집집마다 어린이들이 엄마 아빠에게 사직동물원에 놀러 가자고 졸랐다.

나도 그런 어린이 중 한 명이었다. 더구나 당시 우리 집은 사직동물원 근처에 있었다. 어린이 걸음으로도 한달음이면 충분히 닿는 거리였다. 사직동물원은 나와 친구들에게 아주 흥미로운 놀이터였다. 입장료가 있어서 마음대로 들락거리지는 못했지만 부모님을 졸라서 제법 자주 놀러가곤 했다.

어릴 적 일이라 기억이 선명하진 않지만, 들소 우리에서 났던 오줌 냄새는 아직도 기억난다. 비탈진 곳에 있던 들소 우리는 가까이 가면 들소 오줌 냄새가 진동했다. 아마 우리가 비좁아서 더욱 그랬을 것이다. 냄새는 좀 별로였지만 그래도 동물원 구경은 언제나 신 나는 일이었다.

빛고을 아이들의 사랑이 자양분이 된 것일까. 사직동물원의 동물은 점점 늘었다. 외부에서 새로 들인 동물도 있었고 동물원 안에서 태어난 동물들도 있었다. 특히 호랑이 부부의 다산은 사직동물원의 커다란 자랑거리였다. 호랑이 부부는 금슬이 남달랐는지 1973년 7월 2

일 저녁에 새끼 세 마리를 낳아 한국 최초의 호랑이 분만이라는 기록을 세우더니 1974년 8월에 세 마리, 이듬해인 1975년에 네 마리, 그 이듬해인 1976년에 네 마리를 순산해 한국 신기록, 동양 신기록을 연거푸 갱신했다. 거듭 새끼를 낳아 시민들에게 기쁨을 선사해온 덕분에 1973년의 출산 때만 해도 신문 기사에서 '벵갈산 5년산 암호랑이'라고 불리던 어미 호랑이는 1976년의 출산 때는 '호순 부인'이라는 어엿한 이름까지 얻었다.* 호랑이 부부의 다산은 사직동물원의 이름을 전국에 드날렸다. 마침 1982년에 프로 야구가 시작되면서 광주를 연고로 탄생한 해태 야구단(현 기아)의 마스코트도 호랑이가 되었으니, 이래저래 호랑이는 광주와 인연이 많다.

호랑이를 비롯한 여러 동물들이 늘어나는 모습을 보며 광주 시민들은 흐뭇해했다. 1970년대 말에 이르자, 사직동물원의 보유 동물은 80여 종 300여 마리에 이르렀다. 그런데 동물이 늘어날수록 사직동물원의 문제점이 나타났다. 우리를 늘릴 공간이 턱없이 부족하다는 것이었다. 코끼리는 고사하고 이제는 코끼리처럼 덩치 큰 동물이 아니라 해도 기증 제안을 사양할 수밖에 없었다. 이런 상황에서는 새끼가 태어나 봤자 부담만 더해질 뿐이었다. 새끼를 다른 동물원에 분양 보내야 했고 나중에는 사자 부부를 발정기 동안 강제로 별거시키는 등 '동물 가족계획'까지 실시해야 했다. 급기야 경악스러운 일까지 벌어졌

＊ 《동아일보》「동물원 호랑이 가족 경사」(1973.7.4)

다. 동물원에서 갓 태어난 호랑이 새끼를 일부러 죽이는 사태가 벌어진 것이다.

> 동물원 우리 좁고 먹이값 감당 못한다. – 호랑이 새끼 전기 사형
>
> 광주 사직동물원은 지난 15일 생후 8개월 10일 된 호랑이 새끼 2마리를 전기 쇼크로 죽여 충남 예산군 오가면 분천리 김대원 씨(45)에게 박제용으로 1백 54만 원을 받고 팔았음이 26일 뒤늦게 밝혀졌다. (……) 한편 호랑이 새끼를 죽여 팔았다는 소식이 전해지자 시민들은 "남쪽으로 날아가지 못한 제비 새끼를 공수해 보내면서까지 야생동물을 보호하는 요즘 먹이값 때문에 호랑이 새끼를 죽인 것은 상상할 수 없는 처사"라며 "어린이들에게 이 사실을 어떻게 설명해야 할지 모르겠다."고 놀라움을 감추지 못했다.
>
> ─《경향신문》(1978.12.27)

국내 최초, 동양 최초라고 종합 일간지에서 보도할 만큼 기분 좋은 소식이었던 호랑이 출산이, 예산 부족과 공간 협소라는 문제에 부딪혀 제대로 관리되지 못하는 한계를 그대로 노출한 것이다. 부끄러운 사건이었다.

동물원을 건설하며 사직단을 헐어버렸던 것도 두고두고 입방아에 오르내렸다. 조상이 신성시했던 장소에 불경스럽게도 맹수들이 어슬렁거리다니, 일제가 창경궁 안을 훼손하고 동물원을 설치한 것과 진배

없는 일이 아니냐며 사직동물원의 존재를 마뜩찮게 보는 시선이 점점 커졌다.

이래저래 동물원을 둘러싼 여론이 좋지 않자 1980년대 초 정부는 동물원의 확대 이전을 결정했다. 광주에 피를 뿌리며 집권한 전두환 정권이 호남 민심을 가라앉히려는 목적도 있었을 것이다. 마침 서울에서도 창경원을 대신할 서울대공원이 한창 건설되고 있었다. 광주시는 동물원이 포함된 종합 놀이공원 설립을 추진하기 시작했다.

하지만 정작 정부의 재정 지원은 제대로 이루어지지 않았다. 재정자립도가 전국 대도시 중 꼴찌 수준인 광주로서는 비용이 부담스러울 수밖에 없었다. 이전 논의만 무성했지 실제 진행은 느림보 걸음이었다. 논의가 시작된 지 수년이 지나서야 겨우 부지가 결정되었을 정도였다. 건설비는 광주시가 아니라 대표적인 호남 출신 기업인 금호그룹에서 나왔다. 그 대가로 금호그룹은 당시 150~200억 원을 호가하던 부지를 무상으로 제공받았고 20년 동안 놀이 시설 운영권을 보장받았다. 재벌 특혜라는 비난도 있었지만 재정이 열악한 광주시로서는 고육지책인 측면도 있었을 것이다.

그런 우여곡절 끝에 1991년에 드디어 광주광역시 생용동의 우치공원 안에 우치동물원이 문을 열었다. 사직동물원에 살던 동물들도 새집으로 이사를 가고, 사직단은 예전 모습으로 복원되었다. 이듬해인 1992년 5월 4일 우치동물원이라는 새로운 동물원이 다시 관람객을 맞이하기 시작했다.

이 무렵 나는 더 이상 어린아이가 아니었다. 동물원 안을 제집처럼 휘젓고 다니던 꼬마는 이제 어엿한 수의학과 대학생이 되어 있었다.

3. 우치동물원의 수의사로
    발령받기까지

우리 동네에 있던 우치동물원이 내가 수의학과로 진학하는 데에 결정적인 역할을 했던 걸까? 나도 내 인생 행로를 그런 식으로 그럴듯하게 포장하고 싶은 마음이 없는 것은 아니나 솔직히 고백해야겠다. 내가 수의학과에 간 것에는 생물 과목이 좋았고 워낙 내성적인 성격이라 많은 사람과 접촉하는 직업은 가급적 피하고 싶었던 이유가 컸다.

처음부터 동물원 수의사를 꿈꾼 것도 아니다. 수의학과를 나오면 수의직 공무원이 되거나 동물병원에 취직해 반려 동물을 진료하는 것이 일반적이다. 나도 졸업한 뒤 처음에는 서울의 어느 동물 병원에서 인턴 생활을 했다. 하지만 일할수록 좁은 병원 안이 답답하게 느껴져서 금세 그만두고 무작정 대관령 목장으로 떠났다. 대관령 생활은 예정된 한 달이 지난 후에도 계속 이어졌고 나도 실습 수의사에서 정식 수의사로 경력이 쌓여갔다.

대관령 수의사의 업무란 유방염에 걸린 젖소의 우유를 일일이 손으로 짜 주고, 소의 생리 주기나 임신 상태를 확인하기 위해 직장 검사를 하는 것이 대부분이다. 직장 검사라는 것이 별 게 아니라 소의 항문 속으로 긴 고무장갑을 낀 손을 쑥 집어넣어 자궁과 난소를 촉진하는 것이다. 소들은 내가 손을 넣자마자 항문을 툴툴거리며 무른 똥을 분수처럼 쏟아냈다. 온몸이 금세 동물의 똥과 오줌으로 뒤범벅되니, 말이 수의사지 겉모습만 보면 그렇게 더러울 수가 없다. 남들이 들으면 눈살을 찌푸릴 만한 일이지만 나는 그런 일상이 꽤나 즐거웠다. 하지만 3년째가 되자 지독하도록 단순한 대관령 생활이 문득 답답하게 느껴졌다.

대관령을 떠난 뒤 나는 여러 직업을 거쳤다. 어느 식품 회사의 공장에서 우유 검사원으로 일할 때는 우유의 품질과 위생을 검사하고 우유 생산 농가를 감독했다. 여수 시청에서 공무원으로 일할 때는 동물 전염병 방역, 축산물 위생 감시, 축산 시설 인허가를 담당했다. 전남대 의대의 비브리오 연구실에서 일할 때는 비브리오 세균 백신을 연구하느라 실험에 매진했다. 이 연구소는 세계에서 단 하나뿐인 비브리오 연구실이었는데, 그럴 수밖에 없는 것이 비브리오 패혈증 환자가 우리나라밖에 없기 때문이다.

수의사 중에서 나만큼 역마살이 낀 사람도 드물 것 같다. 이 중 어떤 일은 조직이 너무 경직되어 답답하기도 했고, 어떤 일은 처우가 열악하기도 했지만, 그래도 특별히 못 해먹겠다 싶은 일은 없었다. 일이 바뀌어도 수의사라는 직업 자체는 제법 내 몸에 맞는 옷처럼 느껴졌다. 하지만 이것이야말로 나의 천직이다 싶은 일도 마땅히 없었다. 나는 계속해서 다른 길을 탐색했다.

　동물원 수의사를 직업으로서 마음에 담아 두기 시작한 것은 대관령에서 내려올 무렵이었던 것 같다. 동물 병원이나 농장보다는 덜 상업적인 환경에서 동물들을 만나고 싶었다. 기왕 수의사가 되었으니 꼭 한 번쯤은 온갖 종류의 동물과 부대껴보고 싶기도 했다. 특히 나는 크고 거친 동물들이 좋았다. 강아지나 고양이도 귀엽지만, 야생성이 살아 있는 동물들에게 마음이 갔다. 하지만 워낙 우리나라에 동물원 수가 많지 않고 그 동물원에서 일하는 수의사 수도 많지 않아 그저 바람으로만 간직하고 있었다. 동물원 수의사인 대학 후배를 만나면 "이제 그만하고 나한테 양보 좀 해줘." 하고 농담을 건네는 것이 전부였다.

　그러던 어느 날, 우연히 우치동물원을 운영하고 있는 광주광역시에서 수의직 공무원을 뽑는다는 공고를 보았다. 이번에 뽑힌 수의직 공무원 중 한 명은 우치동물원으로 배치될 예정이었다. 수의사가 된 뒤 고향 광주를 떠나 타향살이를 하느라 오랫동안 우치동물원을 잊고 살았는데, 어쩌면 그곳이 나의 직장이 될 수도 있는 가능성이 생긴 것이다.

　지금 생각해도 그것은 기막힌 행운이었던 것 같다. 그때 내가 나이 제한의 커트라인에 딱 걸리는 나이였기 때문이다. 공고가 한 해만 늦게 나왔어도, 내가 한 해만 일찍 태어났어도 응시조차 못했을 것이다. 합격한다고 해서 꼭 우치동물원으로 배치된다는 보장도 없었지만, 나는 희망을 걸고 고3 때보다 더 열심히 준비해서 시험을 치렀다. 그리고

운 좋게 합격을 했고 더욱 운 좋게도 우치동물원으로 배치 받았다! 오로지 우치동물원만 바라보고 시험을 치른 것이기에, 아마 다른 곳으로 발령이 났다면 합격 자체를 취소하고 가지 않았을지도 모른다.

사직동물원이 우치동물원으로 바뀐 후 딱 한 번 이곳을 찾은 적이 있었다. 대학생 때였다. 친구들과 우치동물원 옆의 놀이공원에 간 김에 동물원까지 구경했다. 친구들은 동물원은 시시하다며 계속 놀이공원에 있으려고 해서 혼자서 어슬렁어슬렁 동물원을 돌았다. 동물원 안은 사람이 많지 않아 썰렁했지만 그 덕분에 여유롭게 동물들을 관찰할 수 있었던 기억이 난다. 그때만 해도 이곳이 훗날 나의 일터가 될 줄은 몰랐다.

나는 2002년 5월부터 우치동물원 수의사로 출근을 시작했다. 거의 10년 만에 돌아온 고향 광주에서 동물원 수의사로서의 삶이 새롭게 열린 것이다. 원숭이부터 기린, 호랑이까지 매일같이 다종다양한 동물들에게 인사하고 낯을 익혔다. 휴일에도 가족들을 데리고 동물원으로 놀러갔다. 동물원에서 일을 시작하자, 다른 어느 곳에서도 느끼지 못했던 희열이 느껴졌다. 다시 찾은 우치동물원은 내가 어릴 때 찾던 사직동물원과는 규모 자체가 달랐다. 1만 9000제곱미터였던 면적은 그새 46만 제곱미터로 수십 배가 늘었고, 면적에 맞게 동물 수도 부쩍 늘어 있었다. 새끼의 탄생을 마음 놓고 축하하게 되었음은 물론이다. 하지만 코끼리는 여전히 우치동물원과 인연을 맺지 못하고 있었다.

4. 코끼리 없는 동물원의 애타는 심정

과거에는 공간이 문제였다면 이제는 예산이 문제였다. 코끼리를 구입하려면 수억 원의 돈이 필요하건만 광주시에서는 우치동물원에 대한 투자를 부담스러워했다. 우치동물원은 금호그룹 소유의 놀이공원인 금호패밀리랜드와 나란히 있는데, 금호그룹은 수익이 나는 놀이공원만 운영할 뿐 동물원에는 전혀 관여하지 않았다. 동물원 예산은 온전히 광주시가 부담해야 했다. 우리나라 지방정부의 재정 상황이 넉넉하지 않은 것이야 어제오늘 일이 아니다. 더구나 공공 동물원은 비용이 들어가는 만큼 수익이 나는 사업도 아니다. 우치동물원은 늘 적자일 수밖에 없었다.

하지만 그렇다고 해서 코끼리를 포기할 수는 없었다. 사람들이 동물원 하면 떠올리는 이미지는 몇 가지로 한정되어 있다. 위엄 있게 어슬렁거리는 호랑이와 사자, 목을 쭉 뻗어 높다란 나무의 이파리를 먹는 기린, 기다란 코로 물을 뿜는 코끼리……. 그것은 동물원에 오는 사람들이 가장 기대하는 풍경이기도 하다. 그렇다 보니 동물 사랑을 표방하는 동물원들도 가급적 호랑이, 사자, 기린, 코끼리 같은 '주요 동물'을 우선적으로 들여놓으려 하고 일단 들여놓은 다음에는 눈에 잘 띄는 장소에 두려 한다. 돌보는 입장에서야 어느 동물이든 차별 없이 돌보아야 하지만, 동물원의 대외적 이미지나 수익을 생각하면 주요 동물 확보에 신경 쓰지 않을 수 없다.

내가 있을 당시 우치동물원에는 주요 동물 중 코끼리만 빼고 다 있었다. 사자, 호랑이, 기린도 다 있었는데 오직 코끼리만 없었다. 코끼리가 없다는 것은 오랫동안 우치동물원의 커다란 흠이었다.

사실 우치동물원 입장에서는 억울한 면도 있었다. 예산이 빠듯한 상황에서도 우치동물원은 서울대공원을 제외한 지방 동물원 중에서 면적으로나, 동물 수로나 최고로 꼽혔다. 해마다 탄생하는 새 생명의 수로 따지면 전국에서 첫 손가락에 들 때도 있었다. 한때는 출산율로만 전국 1위를 하기도 했는데, 출산율이 높다는 것은 그만큼 동물들에게 좋은 안식처가 되고 있다는 의미이니 무척 자랑스러운 일이었다.

하지만 이런 자랑거리들로도 코끼리가 없다는 약점을 덮을 수는 없었다. 동물원 안을 회진하다 보면 관람객들 사이에서 "여긴 코끼리가 없나 보네.", "광주보다 작은 전주 동물원에도 코끼리가 있는데 이상하네." 하는 이야기가 흔하게 들려왔다. 그런 불평이 들리면 괜히 내가 죄송한 마음이 들었다.

코끼리가 올 뻔한 기회가 몇 번 있긴 했다. 내가 우치동물원에 오기 전인 1996년에 서울 어린이대공원에서 새끼 아시아 코끼리를 데려오기로 한 적이 있다. 안 그래도 아시아 코끼리는 아프리카 코끼리에 비해 몸집이 작은 편인데 새끼라면 관람객들이 기대하기 마련인 거대한 몸집과는 거리가 있을 터였다. 하지만 마냥 어른 코끼리만 고집할 수 없다는 판단에 우치동물원은 계약서에 도장을 찍었다. 그런데 이 새끼 코끼리의 매각이 이사를 얼마 앞두고 취소되고 말았다. 어미 코끼리가 갑자기 사망했기 때문이다.

이 일은 우치동물원 사람들에게 큰 실망과 아쉬움을 남겼다. 특히 이삼수 전 우치공원 소장님은 이 일을 너무나 안타까워하셨다. 이 소장님은 창경원과 사직동물원을 거쳐 우치동물원까지 동물원에서만 장장 30년을 보낸, 우리나라 동물원 역사의 산증인이다. 내가 우치동물원에 온 지 1년도 채 안 되어 퇴임해서 오랜 기간 함께하지는 못했지만, 동물원을 사랑하는 마음이 큰 분이라는 것을 느낄 수 있었다. 그런 이 소장님이 전체 재임 기간 중에 가장 아쉬웠던 점으로 꼽은 것이 바로 이때 코끼리를 데려오지 못한 일이었다.[*]

아이러니한 사실은, 코끼리는 없는데 코끼리 우리는 있다는 것이었다. 이것은 1996년경에 있었던 해프닝 때문이다. 어느 애향심 많은 사업가가 코끼리를 사서 우치동물원에서 기증하겠다고 호기롭게 호언장담을 했다고 한다. 마다할 이유가 없었던 우치동물원은 그의 말을 찰떡같이 믿고 일단 코끼리 우리부터 덥석 만들어놓았다.

그런데 이 사업가가 무슨 사정인지 갑자기 연락을 끊어버렸고 코끼리 기증은 물 건너간 일이 되었다. 코끼리 없는 코끼리 우리만 관람객들을 놀리듯 덩그러니 자리를 차지하고 있었다. 내가 우치동물원으로 발령받아 갔을 때도 코끼리 우리만 있었다. 우리가 비어 있으니, 코

---

[*] 《광주일보》 「동물들과 '동고동락' 30년」 (2003.2.22)

끼리의 부재가 더 두드러지는 것 같았다. 그 모습을 그냥 두고 보기가 뭣해서 나는 초식동물사에서 말썽 많기로 소문 난 단봉낙타를 넣어놓았다. 단봉낙타는 새집으로 이사해서 신이 났을지 모르겠으나, 코끼리를 들이겠다고 마련해둔 우리에 엉뚱한 동물이 뛰어다니는 모습을 보자니 괜히 단봉낙타에게 심통이 나곤 했다.

단봉낙타가 공간을 채워주기는 했지만, 내 마음의 빈곳까지 채워지지는 않았다. 우치동물원의 사정과는 별도로, 나는 수의사로서 일생에 꼭 한 번 코끼리를 직접 돌보고 싶다는 간절한 소망이 있었다. 세상에서 가장 큰 동물을 돌보는 경험은 상상만 해도 짜릿했다. 동물원에 오면 그 소망을 성취할 수 있을 줄 알았는데, 다른 동물은 다 있는데 하필 코끼리만 없다는 것이 못내 아쉬웠다.

이래저래 자꾸 일이 틀어지자 2005년에 우치동물원은 직접 나서서 외국에서 코끼리를 들여오기로 방침을 세웠다. 마침 인도의 마이소르동물원에서 세 살이 채 안 된 새끼 인도 코끼리 한 마리를 팔려고 한다는 사실이 전해졌다. 동물원 가족 중에서도 가장 애타게 코끼리를 기다리고 있던 나로서는 무척이나 반가운 소식이었다. 인도 코끼리는 보르네오 코끼리, 수마트라 코끼리, 스리랑카 코끼리와 함께 아시아 코끼리에 속하는 종이다. 아직 어린 코끼리라 코끼리 몸값 치고는 비교적 저렴한 1억 원이었다.

우치동물원은 광주시로부터 추가 예산 1억 원을 어렵사리 확보한 다음 인도에 연락을 취했다. 코끼리는 멸종 위기 동물로서 국제 거래가 엄격히 제한되어 있는데다 인도 역시 사이티스에 가입되어 있으니 수입 과정이 까다로울 것은 어느 정도 예상되었다. 그래도 구입 비용이 마련되어 있고 우치동물원은 비상업적인 공공시설이니 어떻게든 성사되겠지 하고 낙관했다. 이번만큼은 코끼리를 볼 수 있으리라 철석같이 믿었다. 그런데 인도 카르나타카 주정부의 깐깐함은 상상 이상이었다.

카르나타카 주정부에서는 우리나라의 기후와 우치동물원의 환경을 문제 삼았다. 기후야 불가항력이니 넘어간다 치더라도 동물원 환경을 따지고 들자면 우치동물원이 큰소리칠 형편이 아니었다. 내가 아무리 동물원 직원으로서 동물원의 입장을 옹호하고 싶어도 이 부분은 쓰린 마음으로 인정하지 않을 수 없다.

우치동물원을 비롯해 지방 동물원들은 대부분 서울대공원을 본따 만들어졌다. 우리나라에 본격적인 대형 동물원의 시대를 연 것이 서울대공원이기 때문이다. 그런데 초기 서울대공원의 구조는 최대한 많은 동물을 전시하는 데에 초점이 맞춰져 있었다. 동물보다 관람객을 우선하다 보니 각 동물들의 생태를 고려하지 않은 채 칙칙하고 비좁은 콘크리트 우리 안에 동물들을 수용했다. 당연히 동물들이 정상적으로 살아가기에 어려운 조건이었다.

사실 서울대공원이 문을 연 1980년대 초에는 다른 나라 동물원들도 대개 사정이 비슷했다. 하지만 그 후로 동물 복지와 동물원 환경에 대한 논의가 활발히 이루어지면서 선진국의 동물원들은 사람보다 동물에게 친화적인 방향으로 변모해왔다. 이제 동물원은 단순한 동물 전시장이 아니라 멸종 위기에 처한 야생동물을 보호하고 복원하는 안식처이자, 어린이들을 위한 생태 교육의 장으로 바뀌어가고 있다. 외국의 유명 동물원에 가 보면 동물들이 자연과 최대한 비슷하게 조성된 시설에서 살아가는 것을 볼 수 있다. 동물들의 자연스러운 모습을 볼 수 있으니 관람객들도 더욱 즐거워한다.

다행히 몇 년 전부터 서울대공원도 우리 안의 콘크리트를 걷어내고 잔디를 까는 등 새롭게 탈바꿈하는 중이다. 자연 생태 동물원을 목표로 10년 동안 해마다 100억 원을 투자한다는 계획도 가지고 있다.

하지만 이것은 우리나라 대표 동물원이라는 위상 때문에 투자가 이루어지고 있는 서울대공원에 한정된다. 지방의 다른 동물원들은 이런 투자는 언감생심이다. 우치동물원의 사정도 매한가지. 코끼리 한 마리를 살 돈도 겨우 마련한 마당에 동물원 전체를 친환경적으로 바꾼다는 것은 엄두도 못 낼 일이다.

드디어 인도에서 최종 통지서가 날아왔다. 결과는 한마디로 코끼리 판매 불허. 통지서에 적힌 불허 이유는 구구절절 옳은 말뿐이었다. 동물원 시설이 낡았다, 코끼리 우리가 시멘트와 철로 되어 있어 위험하다, 동물원 직원 중 코끼리 전문가가 없다……. 예산을 확보해놓고 기대에 부풀어 있었던 우치동물원으로서는 실로 굴욕적인 사건이었다. 나도 무력감에 고개를 들고 다닐 수가 없었다. 이때만큼은 어디 가서 동물원에서 일한다고 말하기가 부끄러웠다.

어렵사리 배정받았던 1억 원의 예산은 고스란히 광주시에 반납하고 말았다. 이 일을 놓고 광주시의회까지 책임 공방에 나섰다. 교육사회위원회 결산 심의에서는 우치동물원 소장을 불러다 집중적인 질의와 질타를 가했다.

"코끼리 없는 동물원은 동물원이라 할 수 없잖아요. 아이들이 사진이나 그림책만 보고 '코끼리다' 하면 안 될 것 아니에요? '아, 우치동물원에 가면 코끼리가 있지.' 할 수 있도록 최선을 다해주세요."

"코끼리가 3년째 광주에 오지 못한 건 동물원 측이 사이티스를 제대로 알지 못한 채 계획을 수립했기 때문 아닙니까?"

이 자리에는 《광주매일》의 기자도 참석했는데, 기자는 이날의 논쟁을 기사로 실으면서 이런 슬픈 예측을 했다.

"'광주에도 코끼리가 있다.'고 할 날은 기약 없어 보인다."*

내가 일하는 동안 우치동물원에서 코끼리를 보기는 영영 불가능한 것일까? 절호의 구입 기회마저 실패로 돌아가면서 불안감이 점점 엄습해왔다. 그런데 '광주에도 코끼리가 있다.'고 할 날은 예상보다 빨리 찾아왔다. 코끼리월드에서 연락을 해온 것이다.

＊《광주매일》「코끼리는 광주에 언제 올까」(2007.7.5)

5. 우치동물원의
열렬한 구애

2008년 봄의 어느 날, 우치동물원에 한 통의 전화가 걸려왔다. 전화를 한 사람은 코끼리월드의 정 이사. 정 이사는 코끼리월드의 사정을 대략 전한 뒤, 우치동물원에서 코끼리를 수용할 수 있을지 문의해왔다. 그 한 통의 전화로 우치동물원은 금세 술렁거리기 시작했다. 이번에는 정말 코끼리가 올 수 있는 걸까? 게다가 아홉 마리나 된다고?

연락을 받자마자 동물원의 최정수 소장이 직접 적극적으로 나섰다. 코끼리 수입도 쉽지 않고 국내의 다른 동물원에서 데려오기는 더더욱 불가능한 상황이니, 이번이 거의 마지막 기회일지 모른다는 절박함이 있었다.

코끼리월드의 정 이사가 우치동물원을 찾았을 때, 최 소장을 비롯해 우치동물원 사람들은 크게 환영했다. 물론 나도 그중 한 명이었다. 나중에 들으니 정 이사는 예기치 않은 환대를 받아 꽤 놀랐다고 한다. 우치동물원은 코끼리가 올 수만 있다면 코끼리월드의 요구 조건을 가능한 한 모두 수용하겠다는 입장이었다. 정 이사가 다녀간 지 얼마 후에는 최 소장과 담당 직원들이 직접 어린이대공원을 찾아가 코끼리들의 상태를 확인하기까지 했다.

하지만 코끼리월드에서는 전라권의 인구가 적은 데다 수도권에서 접근성도 떨어진다는 사실 때문에 최종 결정을 망설였다. 게다가 우치동물원에는 결정적인 약점이 있었다. 우치동물원이 아무리 노력해도 결코 해결해줄 수 없는 그 약점은 공연장이 들어설 만한 공간이 없다는 것이었다. 우치동물원은 국내에서는 꽤 넓은 축에 속하긴 하지만 동물 우리를 제외하고는 대부분 호수와 녹지로 이루어져 있다. 공간을 마음대로 넓히기는 어려운 조건이었다. 그렇다고 코끼리를 위해 다른 동물들의 보금자리를 허물 수도 없는 노릇이었다. 이미 마련되어 있는 코끼리 우리는 서너 마리만 들어가면 꽉 차는 크기였다. 코끼리 우리 앞쪽에 작은 공터가 있긴 했지만, 코끼리 트래킹 코스라면 아쉬운 대로 마련할 수 있을 듯해도 공연장까지 만드는 것은 절대 불가능했다. 코끼리 공연을 해야 수익을 낼 수 있는 코끼리월드로서는 무척 고민되는 일이었을 것이다.

정 이사의 답사 보고와 우치동물원의 구애를 놓고 고심을 거듭하던 김 회장은 마침내 결단을 내렸다. 우치동물원으로 가자! '어차피 다른 데도 공연할 만한 데가 마땅히 있는 것도 아니다. 더구나 당장 시간도 없다. 우치동물원에서 아주 적극적으로 나오니 진행도 수월하다.'는 것이 결단의 계기였으리라.

무엇보다 결정적인 이유는 코끼리월드에서 공연 사업을 접기로 결심한 것이었다. 김 회장은 이 사업을 계속해보았자 더 이상 수지가 맞지 않는다는 판단을 내렸다. 이때부터 코끼리월드에서는 공연 사업보다 코끼리 매각을 조금씩 고려하기 시작한 듯하다. 만약 이 무렵 코끼리들을 모두 사겠다는 동물원이 있었다면 김 회장은 주저 없이 매각 결정을 내렸을 것이다. 그랬다면 나도 코끼리들과 인연이 닿지 못했을 것이다. 하지만 아홉 마리나 되는 코끼리를 한꺼번에 살 수 있는 동물원이 금방 나타날 리 없었다. 그런 동물원을 찾을 때까지만이라도 코끼리들이 머물 거처가 시급했다. 우치동물원은 때마침 나타난 대안이었던 셈이다.

공연 포기란 곧 수익 포기여서 코끼리월드로서는 쓰디쓴 결정이었겠지만, 공연장이 없는 우치동물원으로서는 오히려 반가운 일이었다. 계약 체결은 운영팀 소속 직원들이 맡아 했기에 진료팀 소속인 나는 간간이 진행 상황만 전해 들었다. 코끼리에 관해서만큼은 그간 불발된 일들이 많아 영 불안감이 가시지 않았다. 운영팀에서 너무 걱정 말라고 거듭 이야기하는데도 내내 초조하기만 했다. 하지만 이번에는 진짜였다.

계약은 화기애애한 분위기 속에서 일사천리로 이루어졌다. 양측은 코끼리 임대 계약서에 서명했다. 계약서에는 코끼리월드가 원하면 언제든 코끼리들을 데려갈 수 있다는 조항이 포함되어 있었다. 어린이대공원과 계약할 때 코끼리월드가 을이었다면 이번에는 우치동물원이 을이 된 셈이다. 하지만 코끼리월드가 이 계약에서 금전적 손해를 감수하고 있다는 사실을 알기에 우치동물원으로서도 이 정도는 수용할 수밖에 없었다.

계약을 한 뒤 우치동물원에서는 이례적으로 보도 자료를 만들어 언론사에 전하는 것은 물론이고 홍보 전단지까지 따로 만들어 광주

시내에 돌렸다. 우치동물원이 세워진 이래 이렇게 시끌벅적하게 오는 동물이 또 있었을까? 코끼리월드는 기존의 코끼리 우리를 보수해 조금이나마 더 넓히고 앞쪽의 공터에 코끼리 트래킹 코스와 먹이 주기 체험장을 만들었다. 조련사들이 머물 숙소도 동물원 안에 따로 마련했다.

코끼리 임대 계약이 체결되고 코끼리 우리가 보수되는 모든 과정 내내, 내 머릿속에는 한 가지 생각밖에 안 들었다. 내가 코끼리를 실제로 돌보게 되다니!

드디어 2008년 8월 18일, 선발대 격으로 세 마리의 코끼리가 우치동물원에 도착했다. 코끼리들을 수송용 우리에 나누어 싣고 나란히 동물원으로 들어오는 화물 트레일러의 모습이 마치 기차 같았다. 한데 모여서 이제나저제나 기다리고 있던 동물원 사람들은 코끼리가 바로 앞에 등장하자 모두 눈이 휘둥그레졌다. 마치 역사적인 장면을 지켜보는 듯한 기분이었다. 나는 가슴속 어딘가에서 뭉클한 감정이 올라오는 것을 느꼈다. 너무나도 오랫동안 기다린 코끼리였다.

트레일러가 코끼리 우리 앞에 멈춰 서자 지게차가 트레일러에서 수송용 우리를 내렸다. 조련사들이 코끼리를 밖으로 꺼내 한 명씩 목에 올라타고는 새로운 우리 안으로 차례로 들어가도록 했다. 서울에서 광주까지 약 3시간 30분 동안 차를 타고 달려왔으니 한국 땅을 밟은 이후 가장 긴 여행을 한 셈이다. 꽤 피곤했을 텐데도 코끼리들은 별

다른 말썽을 부리지 않고 얌전히 따라주었다.

한쪽에서는 코끼리들의 광주 입성 광경을 취재하러 온 기자들이 계속 카메라 셔터를 눌렀다. 이날 우치동물원을 찾았다가 운 좋게 코끼리를 목격하게 된 관람객들도 신기해하는 표정으로 발걸음을 멈추고 지켜보았다. 우리는 이날만큼은 누구나 우리 안으로 들어가 코끼리를 직접 만져볼 수 있도록 했다. 코끼리와 함께 온 조련사들은 호기심으로 눈을 반짝이는 어린아이들을 번쩍 들어올려 코끼리 등에 태워주기도 했다. 뜻하지 않게 신 나는 경험을 하게 된 아이들은 까르르 웃음을 터트렸다. 모두가 들뜬 마음으로, 새로 이사 온 코끼리들을 따뜻하게 환영해주었다.

그사이 서울에서는 코끼리월드가 어린이대공원과 벌이고 있던 맞소송이 마무리되었다. 어린이대공원에 남아 공연을 계속하던 나머지 여섯 마리 코끼리도 2008년 11월에 우치동물원에 합류해 아홉 마리가 모두 모였다. 하루아침에 우치동물원은 국내에서 가장 많은 코끼리가 사는 동물원으로 탈바꿈했다.

코끼리는 광주 시민들 사이에 커다란 화제가 되었다. 우치동물원은 이 코끼리들이 동물원 소속이 아니라 코끼리월드로부터 임대된 것이라는 사실을 보도 자료 등을 통해 분명히 밝혔지만 시민들이 그런 세세한 정보까지 확인하고 기억할 리 없었다. 하지만 나조차 그 사실을 잊을 수는 없었다. 나는 코끼리들과의 만남이 매우 불안정한 상황을 전제하고 시각되었다는 게 심기 못내 신경 쓰였다.

그럼에도 내게 코끼리들은 그저 '우리' 코끼리로만 느껴졌다. 가족, 친지, 친구를 막론하고 주변의 모든 사람에게 코끼리를 자랑했다. 지금 돌이켜보면, 코끼리들이 언제 훌쩍 떠날지 모른다는 불안감이 있었기에 코끼리들과 함께하는 동안 최대한 많은 추억을 만들겠다는 생각이 마음속에 있었던 것 같다.

5장

코끼리와 함께한
화려한 시절

1. 코끼리를 타면
   사랑이 와요

우치동물원에서 코끼리들의 새로운 하루 일과는 이러했다. 조련사들은 아침 6시경 일어나 잠든 코끼리들을 깨운다. 잠이 깬 코끼리들은 조련사들에게 이끌려 내실 밖으로 향한다. 아직 어려서 몸집이 작은 암컷 코끼리 세 마리는 우리에 머물고 나머지 여섯 마리는 코끼리 타기 체험장으로 간다. 시민들에게는 체험장이지만 코끼리들에게는 일종의 운동장이다. 운동장에서 코끼리들이 '아침 체조'를 하는 동안 조련사들은 먼저 코끼리들이 밤새 무사했는지, 어디 아픈 데는 없는지 꼼꼼히 상태를 확인하고 먹이를 챙겨준다. 아침 식사다. 식사를 마친 다음에는 동물원 개장 시간인 9시에 맞추어 입함 준비를 한다. 코끼리 공연이 없는 우치동물원에서 코끼리들이 맡은 일이란 관람객들을 등에 태워주는 것. '코끼리 타기 체험'은 그나마 코끼리들의 먹이값이라도 보충할 수 있는 소중한 업무였다.

이 업무를 하기 위해 코끼리들은 준비할 것이 많다. 우선 '유니폼'을 입어야 한다. 조련사들은 코끼리 머리에 빨간 머플러를 씌우고 등에 빨간 천을 덮은 다음, 코끼리 등에 부드러운 매트리스를 두 개 정도 깔고, 그 위에 철제 의자를 부착한다. 여기에 태국 왕실에서 썼을 법한 커다란 양산을 의자에 부착해 한껏 분위기를 돋우면 출발 준비 끝. 코끼리는 승객이 기다리는 높은 플랫폼으로 천천히 걸어 들어간다.

손님이 의자에 올라앉으면 손님의 앞쪽, 그러니까 코끼리 머리 쪽에 앉은 조련사는 '가!'라는 뜻으로 "빠이!" 하고 외친다. 이 소리에 코끼리는 앞으로 천천히 나아간다. 손님들이 보기에는 코끼리가 잘 훈련받아서 사람 말을 알아듣고 움직이는 것 같다. 하지만 사실은 조련사들이 손에 쥔 갈고리와 코끼리 귀 밑에 가져다 댄 발을 슬쩍 움직여 코끼리를 자극해 신호를 보내는 것이다.

코끼리는 일단 움직이면 급한 게 하나도 없다. 가다가 멈춰서 물도 홀짝이고, 오줌도 누고, 풀도 뜯어먹으면서 밀림 여행을 하듯 느긋하게 쳇바퀴를 돌기 시작한다. 그 덕분에 승객들도 금세 긴장을 푼다. 처음 올라탔을 때는 3미터가 넘는 높이와, 좌우로 흔들거리는 움직임 때문에 잠시 당황하지만 코끼리가 점잖게 움직인다는 것을 알고는 사람도 이내 코끼리처럼 느긋해져서 가슴을 쫙 편다. 재미있게도 코끼리를 타면 사람들은 굉장히 여유로워진다. 코끼리가 천천히 걸어도, 걸음을 멈추고 게으름을 피워도 전혀 불만을 품지 않는다.

더 재미있는 것은 어른들보다 아이들이 더 대담하다는 것이다. 우리 동물원에서는 안전을 고려해 세 살부터 코끼리에 탈 수 있도록 했는데 아이들이 원래 무서움을 모르는 것인지, 혹은 코끼리가 주는 친근감이 순수한 아이들의 마음을 더욱 쉽게 사로잡는 것인지는 알 수 없지만, 아이들은 겁 없이 척척 코끼리 등에 올라타곤 했다. 아마 그 독특한 느낌은 인위적인 놀이 기구에 비할 바가 아닐 것이다.

초기에는 5000원의 표값이 비싸다고 느껴졌는지 관람객들이 선뜻 다가오지 않았다. 그래서 동물원 직원들이 관람객으로 가장해 코끼리를 탔다. 일종의 시범을 보인 것이랄까. 코끼리 타기 체험 수익이 너무 적으면 행여 코끼리월드에서 코끼리들을 데려가기라도 할까 봐 눈치가 보이기도 했다.

다행히 차츰차츰 표를 사는 사람이 늘기 시작했다. 한 달쯤 지나자 표를 사기 위해 줄을 설 정도였다. 나중에는 코끼리 타기 체험 덕분에, 광주 시민들 사이에 코끼리의 '존재감'이 제대로 자리 잡았다. 관람객들의 관람 동선도 바뀌었다. 코끼리 우리는 동물원 입구에서 가장 멀리 떨어져 있는데도 사람들은 일단 코끼리부터 먼저 본 다음에 다른 동물들을 구경하곤 했다.

나 혼자만의 느낌일지도 모르겠지만, 연인들이 코끼리를 타면 사랑이 깊어지고, 아이들이 타면 꿈이 깊어지고, 부부가 타면 부부애가 깊어지는 것 같다. 부모와 자녀가 함께 타면 세대 차이도 줄어드는 느낌이다. 라오스에서는 연초에 코끼리를 타면 복이 온다는 속담도 있다고 한다. 여기에서 영감을 받았던 것인지 코끼리 타기 체험에 대해서 코끼리월드 측에서는 '코끼리를 타면 행운이 와요.'라는 표어를 내걸었다. 나라면 '코끼리를 타면 사랑이 와요.'라고 썼을 것 같다.

코끼리의 이동 거리는 50미터 정도로 다소 짧았다. 더 멀리, 더 높이 가면 좋겠지만 하루 종일 이 일을 반복해야 하는 조련사와 코끼리들이 너무 힘들어 부득이 거리를 줄이고 요금을 낮춘 것이었다. 그래도 코끼리 타기의 즐거움을 만끽하기에는 모자람이 없었지만 코끼리에서 내릴 때는 다들 하나같이 아쉬운 표정을 지었다. 처음엔 약간의 두려움으로 시작해서, 중간엔 여유로움으로, 마지막엔 아쉬움으로 시시각각 마음이 변하는 것 또한 코끼리 타기의 묘미이다.

코끼리 타기에 동원되는 코끼리는 주로 짠디와 템 같은 큰 수컷이었지만, 일손이 딸리면 통쿤이나 캄 같은 나이도 많고 경험도 풍부하면서 임신을 하지 않은 암컷들도 동원되었다. 조련사들은 누구나 기본적으로 코끼리를 '운전'하는 능력이 있다. 게다가 코끼리가 움직이기 시작하면 대개 아무것도 할 필요가 없다. 코끼리는 머리가 좋아서 누가 뭐라 하지 않는 한 자기가 해야 할 일들을 그대로 실행한다. 조련사들의 역할은 승객들과 코끼리에게 안정감을 주는 것, 그리고 아주 가끔 움직이기를 거부하는 코끼리의 고집을 꺾는 것 정도였다.

코끼리 타기 체험을 하면서 코끼리에게 고생을 시켜 미안한 마음이 든다고 말하는 손님들도 있었다. 그 마음이야 십분 이해하고 또 고맙지만 너무 그렇게 미안해할 필요는 없었다. 일을 하지 않고 좁은 우리에 남아 있는 코끼리들은 답답하고 무료해했다. 그에 비하면 그래도 몸을 움직일 수 있어서인지, 트랙을 따라 걷는 코끼리들은 훨씬 편안해 보였다. 또 사람 두엇의 무게는 코끼리의 체력에 큰 무리를 주지 않는다. 코끼리 등에 얹은 의자에는 성인 두 명 또는 아이 세 명까지 앉을 수 있는데 사람이 보기에는 많아 보이지만, 코끼리에게는 그렇지 않다. 정말 무겁고 힘들었다면 코끼리들은 금세 지쳐 트랙에 주저앉든지, 조련사의 명령을 거부하든지 했을 것이다. 하지만 그런 코끼리는 거의 없었다.

손님이 많지 않을 때는 나도 종종 코끼리 위에 올라탔다. 조련사를 손님용 의자에 앉히고 내가 조련사 대신 코끼리 머리 쪽에 타고 간 적도 여러 번 있다. 코끼리를 타고 흔들흔들 가다 보면 이대로 공원 밖으로 나가 광주 시내까지 당당히 걸어가는 몽상에 빠지곤 했다. 왕이 되어 코끼리를 타고 행진하는 몽상에도 종종 빠졌다. 커다란 동물의 등에 타는 기분이란 그렇게 묘하고 즐겁다.

동물원 폐장 시간인 6시가 되면 코끼리들의 업무도 끝이 났다. 조련사들은 코끼리들의 유니폼을 벗겨주고 내실로 이동시킨 뒤, 만일에 대비해 뒷다리를 쇠사슬로 묶어둔 다음 숙소로 돌아갔다. 내실에 모인 아홉 마리 코끼리들은 서로 적당히 거리를 두고 잠을 청했다. 앉아서 자는 코끼리도 있고 선 채로 자는 코끼리도 있다. 초식동물은 대부분 한 번에 푹 잠들었다 깨어나는 것이 아니라 잠깐씩 짧게 자는데 코끼리도 마찬가지였다. 잠든 코끼리를 볼 때면 그 짧은 시간 동안 코끼리는 어떤 꿈을 꾸는지 문득문득 궁금해지곤 했다.

2. 신우대와 갈대는 코끼리의 영양식

코끼리들은 먹성도 남달라서, 코끼리들을 잘 먹이는 것은 나의 중요한 과제였다. 코끼리는 부드러운 풀에서 대나무까지, 거친 식물성 먹이를 주로 먹는다. 동물원에서는 주로 건초와 사료를 주었는데 이것만으로는 아무래도 코끼리들의 영양 상태가 부실해질 것 같았다. 뭘 더 먹이면 좋을까 고심하던 중에 문득 어느 동물 다큐멘터리에서 본, 야생 아시아 코끼리들이 무리로 다니면서 대나무 잎을 먹는 장면이 떠올랐다. 대나무 잎은 제법 질긴 편인데 어떻게 먹을까 하고 의아해했던 기억이 난다. 아마 대나무 잎을 주식으로 하는 동물은 판다와 코끼리뿐일 것이다. 판다는 실제로 본 적이 없으니 모르겠고, 코끼리가 대나무 잎을 씹어 삼키는 비결은 맷돌처럼 잘 발달한 어금니에 있다. 코끼리가 입을 크게 벌릴 때 안쪽을 들여다보면 어금니가 아예 통으로 붙어서 하나의 길고 커다란 이빨을 이루고 있는 것을 볼 수 있다.

마침 우치동물원 뒷산에는 대나무의 일종인 신우대가 부지기수로 있었다. 동물이 우리를 탈출해 멀리 달아나는 것이나 사람이 무단으로 동물원 안으로 들어오는 것을 방지하기 위해 뒷산에 철망을 쳐놓았는데, 그 덕분에 사람의 손길이 닿지 않아 신우대가 마음껏 자랄 수 있었던 것이다. 조련사들과 의논해 신우대를 베어다 먹이기로 했다. 조련사들은 아침마다 뒷산에 올라 신우대를 벤 뒤 끈으로 묶어 한 단씩 짊어지고 내려왔다. 마치 우리가 옛적에 산에서 나무를 해오던 풍경과 비슷하달까? 체력 좋은 조련사들이 가져온 신우대는 하루에 200킬로그램이 족히 넘었지만 아홉 마리 코끼리가 나눠 먹자면 한나절 먹거리에 지나지 않았다.

신우대를 베기에는 겨울보다 여름이 훨씬 나을 것 같지만 오히려 그 반대다. 여름에는 뒷산에 잡목이 우거져 신우대를 베기가 힘들었다. 그래서 여름이면 아침마다 뒷산 대신 근처의 강가로 향했다. 역시 코끼리들이 좋아하는 먹이인 갈대풀을 베기 위해서였다. 영산강 주위에는 싱싱한 갈대풀이 우거져 있었다. 조련사들은 매일같이 큰 트럭을 몰고 강가로 나가 트럭을 갈대로 한가득 채운 다음 동물원으로 돌아왔다. 이 신우대와 갈대 덕분에 우리 코끼리들은 건초와 사료 위주로 먹는 다른 동물원의 코끼리들보다 더 건강하게 돌볼 수 있었다. 운영비를 절약할 수 있는 것은 덤이었다.

한번은 지역 신문 기자에게서 전화가 왔다. 기자는 대뜸 신우대를 그렇게 마구 베어가도 되느냐고 물었다. 아마도 조련사들이 신우대를 베는 것을 지나가던 등산객이 철망 너머로 보고서 제보한 모양이었다

하지만 코끼리가 오기 전까지 신우대는 우치동물원 뒷산의 고질적인 말썽거리였다. 너무 빨리 자라는 바람에 산길을 온통 막아버려 큰 문제가 되고 있었다. 혹여 우치동물원 동물이 탈출해 뒷산으로 숨어드는 일이 벌어졌을 때를 대비해 사람이 지나 다닐 수 있으려면 산길을 유지하는 것이 중요했다. 그래서 코끼리들이 오기 전에도 우치동물원에서 해마다 정기적으로 간벌을 해왔다. 그런데 이제 조련사들이 대신해서 이 일을 해주고 더구나 코끼리들의 먹이까지 마련하니 일석이조인 셈이었다. 기자가 우려하는 환경 파괴와는 거리가 멀었다.

나는 기자에게 이런 전후 사정을 잘 설명했다. 그런데도 기자가 못 미더워하는 눈치를 보이기에 현장까지 데려가 직접 보여주었다. 그제야 기자는 안심이 되었는지 별다른 기사를 내지 않았고, 신우대 일은 별 탈 없이 넘어갈 수 있었다.

강가에서 갈대를 베는 것도 가끔 주민들의 항의를 받았다. 갈대를 벤다고 딱히 불이익이 가는 것도 아니건만, 마을 근처에 낯선 사람들이 오가며 갈대를 베는 풍경이 주민들에게 걱정을 산 모양이다. 이때는 정 이사가 직접 나서서 주민들에게 사정을 자세히 설명해서 잘 대처했다.

채소나 과일도 꼭 주어야 할 음식이었다. 신우대와 갈대가 주식이라면 채소와 과일은 부식쯤 되었다. 바나나, 사과, 고구마, 당근 등을 먹었는데 이중에서도 당근은 관람객들의 손을 거쳐서 먹였다. 관람객들이 직접 코끼리에게 먹이를 건넬 수 있도록 당근이 담긴 봉지를

1000원에 팔았다. 돈을 벌려는 목적도 있었지만, 그보다는 어차피 코끼리에게 필요한 간식을 주는 김에 코끼리와 관람객이 서로 교감을 나누는 기회를 만들기 위해서였다. 당근 주기 이벤트는 특히 어린이 관람객들에게 인기가 많아서 한 박스 분량의 당근이 거의 매일 동이 났다. 관람객이 당근을 들고 있으면, 코끼리 우리에 남아 있는 어린 암컷들이 관람객에게 코를 죽 뻗으며 재롱을 피우곤 해서 자연히 이 녀석들이 당근을 많이 받아먹곤 했다. 주는 사람들도 재미있어하고 코끼리들도 무척 좋아했다.

사료의 경우, 처음에는 주지 않다가 영양 밸런스를 맞추기 위해 소량씩 먹였다. 흔히 일본식 표현으로 '다라이'라고 하는 커다란 빨간색 고무 통에 쌀겨와 말 사료를 담아 밀가루 반죽처럼 만든 다음, 두어 삽씩 퍼서 주었다. 코끼리는 사료도 주는 대로 덥석덥석 잘 받아먹었다. 이렇게 해서 신우대와 갈대로는 모자란 영양소를 채울 수 있었다. 코끼리 한 마리가 보통 하루에 신우대와 갈대, 건초로 이루어진 풀 사료 50킬로그램, 농후 사료라 불리는 곡물 사료 5킬로그램, 그리고 야채와 과일 5킬로그램 정도를 먹었다.

물도 언제나 부족하지 않게 채워주었다. 처음 한동안은 물통이 따로 없어서 하루에 서너 차례 물 대야 앞으로 코끼리를 데려가야 했다. 그러다 나중에는 아예 시멘트로 우리 한쪽에 물통을 만들어주었다. 코끼리는 대야의 물을 코로 잔뜩 빨아서 입으로 먹었다. 호스를 건네주었더니 코로 감아 입에 넣고, 빨대처럼 쪽쪽 빨아 먹는 '신공'을 보이기도 했다.

대나무 잎과 갈대를 비롯해 여러 가지 아이디어를 결합한 덕분에, 대식가 코끼리의 먹이 걱정은 한시름 덜 수 있었다. 그래도 막상 닥쳐 보니 코끼리를 먹이는 일이 정말 만만치 않다는 것을 실감했다. 잘 먹는 코끼리들을 보고 있노라면, 조선에 코끼리가 등장했을 때 코끼리의 식성을 감당할 수 없어 서로 키우길 꺼렸다던 실록의 기록이 떠오르곤 했다. 오늘날의 나도 이런데, 조선 시대 사람들이 느꼈을 곤란함은 더욱 엄청났을 것이다. 다른 건 몰라도, 대나무 잎이나 갈대를 베어 먹이면 된다는 것을 알았더라면 어려움을 크게 덜었을 텐데. 타임머신이 있다면 그때로 가서 코끼리 사육 지식을 꼭 가르쳐주고 싶다.

3. 코끼리 주치의로
   자신감을 쌓다

명색이 수의사이건만 코끼리들과 함께 있는 동안 실제로 코끼리를 치료할 기회는 그리 많지 않았다. 일단 우리 코끼리들이 그다지 병치레를 하지 않았다. 코끼리가 워낙 강골인 덕분이다. 게다가 가벼운 질환은 내가 나서기도 전에 조련사들이 알아서 치료했다. 조련사들은 코끼리용 상비약도 늘 갖추고 있었다. 그 약들을 살펴보았더니 항생제, 영양제, 소염제, 소화제, 소독약까지 두루 있을 뿐 아니라 사용 용량이 자세히 적힌 설명서도 있었다. 내가 보기에도 꽤나 전문적이고 용량도 이상적이라 내 노트에도 베껴두었다.

실력 발휘를 할 기회가 거의 없던 차에, 처음으로 코끼리를 치료할 일이 발생했다. 템이라는 이름의 코끼리가 다른 코끼리에게 발로 채였을 때였다. 그날은 아침 일찍부터 코끼리월드에서 다급하게 전화가 왔다.

"큰일 났어요. 템이 차여서 발이 퉁퉁 부었어요. 절름거리기까지 해요. 조련사들도 자기들이 가진 약으로는 어떻게 할 수가 없다고 하는데 어쩌죠?"

템은 워낙 재주꾼이라 관람객에게 인기가 많았기에 코끼리월드에서 더욱 각별히 챙기던 녀석이었다. 어쩌다 채인 것인지는 잘 모르겠지만, 아무래도 좁은 장소에서 아홉 마리가 부대끼다 보니 마찰이 일어난 것 같았다.

부랴부랴 약을 챙겨서 코끼리 우리로 향했다. 내가 가져간 것은 주로 소의 관절염에 쓰이는 소염제로, 대관령 목장이나 우치동물원에서 자주 사용하는 약이었다. 코끼리에게 잘 맞을지 확신할 수는 없지만 급한 상황이니 일단 뭐라도 써보아야 했다. 무게가 많이 나가는 동물에게는 그만큼 약도 많이 써야 한다. 코끼리에게는 소보다 열 배나 많은 양을 투여해야 하는데 다행히 그만큼의 용량이 남아 있었다.

템에게 가자마자 소에게 쓰는 커다란 주사기 세 개에다 약을 가득 채웠다. 거의 100밀리리터쯤 되었다. 그리고 템의 피하지방에 첫 번째 주사기를 꽂았다. 피하란 가죽과 근육 사이의 빈 공간을 가리키는데, 사실 피하보다는 근육에 주사를 놓아야 약물 흡수가 더 잘되고 통증도 덜하다. 하지만 코끼리는 가죽이 워낙 두꺼워 피부를 뚫기조차 어려운 터라 피하 주사를 선택해야 했다. 코끼리 몸에서 피하 주사를 놓기에 가장 좋은 부분은 피부가 늘어져 있는 어깨 윗부분이다. 보통 열사병이나 중독 증상 때문에 수액을 놓을 때는 혈관 주사를, 그 외에 심각하지 않은 내과 질환으로 항생제 등을 놓을 때는 피하 주사를 선택한다.

첫 번째 주사기에 든 약을 모두 투여한 다음, 주삿바늘은 그대로 꽂아 둔 채 주사기 몸통만 교체해가며 나머지 약을 모두 투여했다. 주삿바늘을 꼽는 횟수를 최소화해서 코끼리의 통증을 줄이기 위해서였다. 주사를 놓는 과정에서 가장 아플 때는 당연히 주삿바늘을 찌를 때이다. 아이러니하게도 몸집이 큰 동물이나 사나운 동물일수록 오히려 고통에 더욱 민감하게 반응한다. 기원전에 일어났던 제2차 포에니 전쟁 때, 그 유명한 한니발의 코끼리 부대가 괴멸한 이유도 로마군이 코끼리의 코를 찔러 코끼리가 아픔 때문에 역공격하게 했기 때문이다. 그만큼 코끼리는 고통에 민감하다. 우리 코끼리도 주삿바늘을 넣는 순간 움찔하는 반응을 보이곤 했다. 이때 잘 진정시켜 주지 않으면 격한 반응을 보여 자칫 곁에 있는 사람이 다칠 수도 있으니, 코끼리에게 주사를 놓는 것은 그만큼 위험을 감수하는 일이다.

그날은 일단 주사를 놓는 데까지는 무사히 성공했다. 하지만 주사의 효과가 어떨지는 미지수. 그저 잘되기를 바랄 뿐이었다. 긴장하며 하룻밤을 보낸 뒤, 다음 날 날이 밝자마자 템에게 가 보았다. 움직이는 모습을 지켜보니 약간 호전되는 기미가 보였다. 다리를 절뚝절뚝하던 것도 덜해졌고 밥도 평상시처럼 잘 먹었다. 자신감이 생겨서 사흘 동안 계속 같은 약을 주사했다. 마침내 템은 완전히 나아서 재간둥이다운 본모습을 되찾았다. '봉사 문고리 잡은 격'이었지만 어쨌든 뿌듯했다. 용하다는 조련사들의 칭찬을 웃으며 받아들였다.

이 사건은 내게 좋은 경험이 되었다. 내가 가진 약을 코끼리에도 적용할 수 있다는 사실을 알게 된 것이 무엇보다 큰 소득이었다. 또 비로소 코끼리들 앞에서 수의사로서 자신감을 가질 수 있었다.

실력 발휘를 할 일은 드물지만 끊임없이 찾아왔다. 한번은 여름에 코끼리들이 집단으로 식욕 부진 증상을 보이며 침을 흘리고 귀가 차가워졌다. 조련사들도 이런 경우는 처음인지 고향에 있는 다른 전문가들에게 전화해서 물어보더니 농약 중독일 가능성이 높다는 의견을 내놓았다. 강가에 버려진 채 방치된 농약병에서 흘러나온 농약이 갈대에 들어가 화근이 된 것 같았다. 갈대가 공짜라 좋긴 한데 이렇게 뜻하지 않은 문제를 일으킨 것이다.

내가 생각하기에도 조련사들의 진단이 일리가 있어 우선 해열제와 아트로핀을 처방했다. 아트로핀은 농약 중독에 쓰이는 약으로, 농약으로 인한 자율신경 중독 증상을 막아준다. 군대에서 군인들이 생화

학전에 대비해 몸이 지니는 응급 약품이기도 하다. 다행히 약을 쓴 지 하루 만에 코끼리들은 모두 상태가 좋아졌다. 그 후 당분간 건초만 먹이다가 장소를 바꾸어 다른 곳에서 갈대를 가져왔더니 그런 증상은 다시 나타나지 않았다. 그래도 걱정이 되어 그때부터는 코끼리월드에 요청해 여름마다 아트로핀을 대량으로 구입해 보관해두었다.

이 사건은 농약 성분이 직접적인 문제였던 것 같지만, 안 그래도 한 여름은 코끼리에게 가장 힘든 계절이다. 코끼리 우리에 그늘이 없어서 햇살을 그대로 받아야 하고, 파리들이 끊임없이 괴롭히기 때문에 스트레스가 배로 늘기 때문이다. 그래서 꼭 농약 때문이 아니라도 코끼리들이 식욕 부진 증상을 보일 때가 종종 있었다. 코끼리는 위가 네 개인 소와 달리 위가 하나뿐인 동물인데, 소화가 잘 안 되는 풀 먹이는 주로 대장에서 소화를 담당한다. 좀 더 정확히 말하면 대장 안의 미생물이 담당한다. 코끼리처럼 대장 소화를 하는 동물은 가끔 대장 안에서 비정상적인 미생물 발효가 일어나 가스가 차는 바람에 배앓이를 하게 된다. 이러한 증상을 일으키는 원인으로는 스트레스, 운동 부족, 수면 부족, 열악한 사육 환경 등이 꼽힌다.

하루는 코끼리 중에서도 가장 건강했던 짠디가 밥을 안 먹기 시작했다. 조련사들 말로는 전날부터 똥도 누지 않고 잠도 잘 못 자고 풀을 입에도 대지 않는다고 했다. 워낙 무더위가 이어지고 있던 때라 일사병이 의심되었다. 우선 소화제와 해열제, 일사병에 좋은 가벼운 전해질만 들어 있는 수액제를 골라 열 병 넘게 주사했다.

다음 날 짠디는 과일을 조금 먹기 시작했다. 차도가 있는 것 같아 또다시 같은 약을 처방했다. 일주일 만에 짠디는 완전히 정상 컨디션으로 돌아왔다. 대관령 목장에서 일하는 동안 소화불량에 걸린 소들이 병후 진전 상태가 좋지 않은 모습을 여러 번 본 터라 많이 걱정했는데 다행히 짠디는 이겨낸 것이다. 쏘이와 봉이 역시 거의 같은 증상을 겪었는데 짠디를 치료했던 경험을 살려 같은 약을 처방했더니 금세 기운을 회복했다.

여러 번 치료를 하고 성공을 거두면서, 수의사로서 코끼리에 대한 노하우가 조금씩 쌓여갔다. 사실 동물들은 사람처럼 어디가 어떻게 아픈지, 약이 정말 효과가 있었는지 말을 할 수 없기 때문에 약효를 정확하게 알기는 힘들다. 어쩌면 내가 특별히 조치를 취하지 않아도 가만히 놔두었으면 결국 회복되었을 수도 있다. 그래도 내가 여러 가지 치료를 시도하면 우선 조련사들이 마음을 놓았다.

수의학의 특성상 원인을 정확히 진단할 수 없을 때가 많은데 이럴 때는 겉으로 나타난 증세만 보고 치료를 시도할 수밖에 없다. 그러니 잘하면 본전, 못하면 돌팔이가 되는 건 야생동물 수의사의 피할 수 없는 운명과 같다. 그런 만큼 경험을 통한 노하우 축적이 더욱 필요한데 이런 경험을 통해 수의학 지식을 쌓을 수 있으니 치료할 때마다 보람이 컸다.

코끼리들이 우치동물원에 있는 동안, 내 마음 한편에는 늘 불안감이 자리하고 있었다. 혹시 우치동물원에서 사는 동안 코끼리들이 한 마리라도 죽기라도 하면 어쩌나 하는 걱정이 시시때때로 엄습했다. 코끼리에 관해서는 초보나 다름없었던 수의사와 함께하면서도 단 한 마리의 코끼리도 심하게 앓거나 죽지 않았던 것에 너무나 감사하게 생각한다. 어쩌면 코끼리들이 나를 처음 보자마자 저 수의사 앞에서는 절대 아파서는 안 되겠다고 다짐했을지도 모르겠다.

4. 코끼리 똥은
과수원의 훌륭한 비료

코끼리들과 관련해서 가장 골치 아픈 일은 바로 똥을 치우는 것이다. 코끼리는 하루에 자기 몸무게의 5퍼센트 정도의 먹이를 먹으며 그 절반 정도는 똥이나 오줌으로 배출한다. 코끼리 한 마리가 하루에 30킬로그램의 똥을 배출하니 아홉 마리면 거의 300킬로그램. 이 정도면 가히 소 한 마리의 무게에 맞먹는다.

코끼리 똥은 둥근 공 모양으로, 럭비공 정도의 크기다. 만약 거대한 쇠똥구리가 있다면 굳이 애써 뭉치지 않고 거저 이용할 수 있을 만큼 동그란 원형이다. 2미터 높이의 항문에서 바닥으로 떨어지고도 그 모양을 거의 그대로 유지한다. 만약 코끼리 똥이 소똥처럼 단단하지 않고 질었다면 코끼리의 고향인 동남아시아와 아프리카는 그야말로 온통 똥 천지가 되었을 것이다.

코끼리 똥은 냄새도 그리 심하지 않다. 기온이 낮은 날에 코끼리 똥을 보면 김이 모락모락 피어오르는 것을 볼 수 있는데 이 김을 직접 쐬어도 별로 냄새가 나지 않을 정도이다. 물론 그 옆에 오래 있으면 옷에 은근한 냄새가 배긴 한다.

특이하게도 코끼리 똥은 사자나 호랑이 같은 대형 고양잇과 동물들에게 인기가 많았다. 이런 동물들은 코끼리 똥 냄새를 맡자마자 그 묘한 냄새에 취해 배를 드러내놓고 뒹굴었다. 또 동물이 이성의 채취를 맡고 웃는 듯한 표정을 취하는, 이른바 플레멘 반응을 보였다.

하지만 사람들까지 코끼리 똥을 반길 리는 없다. 조련사들은 코끼리가 똥을 싸자마자 똥받이와 빗자루를 가지고 달려가 치웠다. 코끼리 똥은 우리 한쪽의 고무 통에 차곡차곡 쌓아 두었다. 그 많은 똥을 다 담으려면 커다란 통이 스무 개 정도 필요했다. 코끼리 똥이 담긴 고무 통은 다음 날 아침, 조련사들이 트럭에 싣고 우치동물원 밖으로 나갔다. 트럭의 목적지는 어디일까? 트럭은 쓰레기장이 아니라 배, 사과, 감 등을 재배하는 근처의 과수원으로 향했다.

과수원에 도착한 코끼리 똥은 비료로 쓰였다. 코끼리는 창자가 길다 보니 똥이 창자 안에서 이미 발효가 많이 일어나 좋은 거름이 된다. 그래서 소똥이나 돼지 똥처럼 부식시킬 필요도 없이 그냥 바로 비료로 쓸 수 있다. 덩어리째 나무 밑에 던져두면 알아서 영양소가 빠져나가 땅으로 흡수되고 똥은 거의 자취를 남기지 않는다. 다른 퇴비에 비해 냄새가 덜하다는 것도 장점이다. 코끼리 똥을 이용해본 과수원들은 차츰 그 효과에 놀라워했다.

그렇다고 우치동물원이 코끼리 똥을 돈 받고 판 것은 아니다. 애초에 코끼리 임대 계약서에 똥은 코끼리월드가 치운다는 조건이 있었는데, 코끼리월드는 폐기물 처리 비용을 아끼기 위해 과수원들에 코끼리 똥을 완전히 공짜로 넘겼다. 처음에는 공짜로 준다니까 한번 써 볼까 하던 과수원들이 나중에는 주변의 다른 과수원에도 코끼리 똥을 권할 정도가 되었다. 동물 똥이라고 다 코끼리 똥처럼 '우수'한 것은 아니다. 우치동물원에서 나오는 여러 동물의 배설물 중에는 거름으로 적합하지 않은 것도 있어서 따로 비용을 들여 폐기물 처리 업체에 넘기기도 했다. 만약 코끼리 똥을 그렇게 처리해야 했다면, 그 비용도 무시할 수 없었을 것이다.

내 생각인데, 코끼리 똥은 훌륭한 버섯 배지 역할도 할 수 있을 것 같다. 어느 비 오는 날, 조련사들이 미처 치우지 않아 방치된 코끼리 똥을 본 적이 있다. 놀랍게도 그 똥에는 버섯들이 수북이 자라 있었다. 우치동물원 주변에 버섯 재배 농가가 있었다면 한번 이야기해 시도해 볼 수 있었을 텐데 그러지 못해 아쉽다.

태국과 라오스 등지에서는 코끼리 똥으로 종이까지 만들어서 관광 상품으로 이용하고 있다. 코끼리 똥 종이는 투박하지만 두껍고 질감이 좋아서 액자, 포장 박스, 캔버스 등 쓰임새가 다양하다. 코끼리 공연에서는 그런 종이에 코끼리가 직접 그림을 그리기도 한다. 여러모로 쓸모가 많은 것이 코끼리 똥이다.

거름도 거름이지만, 똥은 코끼리들의 건강을 판단하는 중요한 기준이 되기도 했다. 코끼리들은 몸이 안 좋으면 변비 증세를 보인다. 그러다 드디어 똥을 누기 시작하면 어느 정도 회복된 셈이다. 그래서 나는 이래저래 코끼리 똥을 자주 들여다볼 수밖에 없었다. 치우기는 좀 귀찮아도 코끼리가 똥을 매일매일 누어야 안심이 되곤 했으니, 사람이나 코끼리나 배설은 중요한 일이다.

5. 코끼리와 조련사의 애매모호한 관계

캄텐, 우왓, 캄폰, 일라이, 아피난, 토니, 키티퐁……. 그동안 우리 동물원에서 지냈던 코끼리 조련사들의 이름이다. 코끼리들이 동물원에 사는 동안, 나는 다양한 현지 출신 조련사들을 만나는 즐거운 경험도 했다. 이들을 통해 알게 된 코끼리 조련사의 세계는 코끼리만큼이나 흥미로웠다.

코끼리와 조련사의 관계는 매우 애매하다. 친구 관계에서 시작해서 주종 관계까지도 형성되어야 한다. 사이가 좋을 땐 형제간이나 다름없지만 일을 시킬 때나 말을 안 들을 때에는 심한 매질도 서슴지 않아야 둘 간의 모호한 관계를 평생 지속해나갈 수 있다.

태국이나 라오스의 코끼리가 있는 시골 지방에서는 코끼리를 거의 가축으로 키운다. 코끼리는 그들에게 집 다음으로 중요한 자산 목록 1호이다. 코끼리 한 마리 값이 집 한 채 값과 비슷하기 때문에 코끼리와 집을 가지고 있으면 꽤 여유 있는 축에 속한다. 코끼리를 키우고 관리하고 조련하는 것은 이들에게 가업이다. 할아버지에게서 아버지에게로 다시 손자에게로 가업은 쭉 대물림된다. 라오스나 캄보디아에서는 아직도 이런 형태로 코끼리를 다루는 비법이 전수되고, 태국에는 아예 코끼리 학교가 있어 코끼리가 있는 가정뿐만 아니라 조련사를 꿈꾸는 도시 청소년들도 코끼리를 다룰 수 있게 해준다.

집에서 코끼리를 조련시키는 경우에, 아버지는 열 살쯤 된 아들에게 세 살이나 네 살 정도 되는 코끼리를 붙여준다. 만약 집에서 태어난 새끼 코끼리가 있다면 그 코끼리가 어린 아들의 몫이 된다. 생후 3년 동안은 코끼리도 젖먹이 시기라서 혼자 마음껏 뒹굴고 먹고 놀도록 내버려둔다. 그러다 세 살 즈음이 되어 어미젖을 떼면 본격적인 길들이기에 들어간다. 아버지는 코끼리에게 발목 족쇄를 채우고 아들에게 갈고리 막대를 만들어준다. 어린 코끼리는 무수하게 맞으며 반항하다가 차츰 얌전하게 길들여진 코끼리가 되어간다. 그 기간에 10가지 정도 되는 기초 명령어도 다 습득해야 한다. 대개 앉아, 일어서, 가, 멈춰, 잡아, 누워, 발 들어, 물 먹어, 코 들어 같은 것들이다. 그렇게 훈련 기간이 끝나면 어린 아들과 코끼리는 평생의 동반자로 살아가게 된다.

코끼리를 다스리는 조련사는 코끼리 사회의 특성을 잘 따라야 한다. 특히 코끼리는 암컷이 지배하는 사회이기 때문에 수컷이 힘으로 지배하는 사회와는 엄격히 다르다. 암컷은 희생적인 태도로, 지혜롭게 무리를 다스려간다. 결코 무력으로 제압하지 않는다. 조련사들도 마찬가지다. 늘 족쇄와 꼬챙이만으로 다스린다면 코끼리는 더욱 사나워지고 결국 말을 듣지 않게 된다. 그러면 코끼리나 사람 모두 위험해져서 결국 코끼리가 최후를 맞이해야 할 수도 있다. 그런 비극이 일어나지 않게 하기 위해서 조련사들은 늘 코끼리 곁에서 친구처럼 애인처럼 속삭이고 데리고 다니고 먹이를 주고 목욕을 시키고 산책을 나간다. 아프면 곁에서 지켜주어야 하지만, 때론 자유롭게 활동하도록 놓아주어야 할 때도 있다. 수컷 코끼리가 발정이 왔을 때는 고립된 장소에 데려가 혼자 조용하게 기분을 가라앉히도록 해주어야 한다.

조련사는 늘 손에 꼬챙이를 들고 다닌다. 꼬챙이는 코끼리가 말을 안 들을 때 혹은 코끼리에게 일을 시켜야 할 때 사용하는 필수 도구이다. 코끼리가 반항을 할 때마다 꼬챙이는 귀 뒤나 콧등 같은, 통점이 높은 곳을 파고든다. 반항이 심할 때는 유혈이 낭자하도록 혹독한 매질을 당하기도 한다. 물론 매질이 끝나면 조련사는 소독약을 열심히 발라준다. 이렇게 병 주고 약 주고를 늘 수시로 반복하면 나중엔 그 꼬챙이를 들기만 해도 코끼리는 말을 듣게 된다. 영리한 코끼리의 놀라운 기억력이 바로 자신을 옥죄는 도구가 되는 것이다.

우치동물원에는 코끼리 한 마리에 조련사 한 명씩, 모두 아홉 명의 조련사가 있다. 사실 이 인력 구성은 처음 코끼리들이 한국에 왔을 때에 비하면 매우 단출해진 것이다. 코끼리들이 어린이대공원에서 철수함과 동시에 코끼리월드의 규모도 급격히 작아졌다. 여성 무용수들은 라오스로 돌아갔고 한국인 운영 인력도 회사를 떠나야 했다. 이렇게 해서 코끼리월드를 떠난 직원이 마흔 명가량 되었다. 김 회장은 이 많은 직원들을 내보낼 때가 가장 가슴이 아팠다고 늘 회고한다. 그것이 코끼리 공연을 포기하고 우치동물원으로 옮기던 시점의 일이었으니, 코끼리들의 우치동물원 입성은 이래저래 큰 희생을 치렀던 셈이다. 우치동물원으로 코끼리들을 옮긴 후, 코끼리월드에 남은 사람은 정 이사와 열 명의 조련사뿐이었다.

코끼리들이 우치동물원으로 이사 오면서 정 이사와 조련사들도 코끼리들과 함께 광주에 살게 되었다. 정 이사는 우치동물원에서 멀지 않은 원룸에, 조련사들은 우치공원 안에 마련된 숙소에 짐을 풀었다. 조련사 수는 줄지 않았지만, 그사이 조련사들의 구성에는 변화가 있었다.

처음에 코끼리들과 함께 한국 땅을 밟은 조련사들은 모두 라오스 국적이었다. 우리나라에는 필리핀, 베트남, 인도네시아, 방글라데시, 중국 등 아시아의 여러 나라에서 온 이주 노동자들이 거주하고 있다. 하지만 자세히 살펴보면 그중 라오스 출신 노동자를 본 적은 없을 것이다. 이유는 간단하다. 라오스 정부는 우리나라에 노동자를 파견하고 있지 않다. 코끼리월드 소속의 조련사와 무용수 들은 우리나라에서 취업 비자를 받고 일하는 거의 유일한 라오스 노동자였다. 이들 외에 우리나라에 거주하는 라오스 사람으로는 대사관 직원들과 몇몇 유학생이 전부라고 해도 틀린 말이 아니었다. 코끼리 덕분에 라오스 사람과 한국 사람의 인연이 맺어진 것이다. 그렇다 보니 주한 라오스 대사관에서는 코끼리월드에 각별히 관심을 기울였다. 정 이사는 라오스 대사가 코끼리월드에 무척 호의적이었다고 기억한다.

"명절 때면 라오스 대사가 직원들과 함께 과일을 한 박스 사 들고 우리 회사로 오곤 했어요. 라오스 직원들을 잘 부탁한다는 당부도 하고, 직원들을 직접 면담도 하곤 했지요. 조련사들은 사실 한국에 거의 최초로 취업을 한 라오스 노동자들이나 다름없으니 이들이 잘 정착하기를 바랐던 거죠."

사실 반드시 라오스 사람을 조련사로 써야 한다는 법은 없었다. 그리고 기업체인 코끼리월드로서는 외교 관계보다 수익 창출이 훨씬 더 중요했다. 실제로 조련사 인원에 결원이 생길 때면 코끼리월드에서는 라오스뿐 아니라 태국에서도 새로운 조련사를 데려왔다. 정 이사가 판단하기에는 태국 출신과 라오스 출신은 각각 장단점이 있었다.

"아무래도 태국 출신 조련사들이 좀 더 전문적이에요. 그 나라는 코끼리 공연을 굉장히 많이 하거든요. 라오스 출신 조련사들은 전문성은 조금 떨어져도 코끼리들이랑 어릴 때부터 집에서 같이 살았다는 장점이 있고요. 그러니까 코끼리가 어떻게 하면 말을 잘 듣고 어떻게 하면 말을 안 듣는지 훤히 알아요. 그래서 조련사 구성을 라오스 출신이 반, 태국 출신이 반이 되도록 한 겁니다."

라오스 조련사들과 태국 조련사들 사이에 국적으로 인한 반목은 거의 없었다. 라오스와 태국은 둘 다 코끼리의 나라를 자처하는 것만큼이나 서로 닮았다. 라오스 국민의 약 70퍼센트는 태국계로 분류된다. 또 라오스의 언어인 라오어는 태국어와 상당히 흡사한 데다, 태국 북부 지역에서도 쓰이기 때문에 태국어의 방언으로 여겨지기도 한다. 그래서 서로 의사소통하는 데에도 큰 무리가 없었다. 무엇보다도 라오스 조련사든 태국 조련사든 이곳에서는 똑같이 이주 노동자라는 신분이어서 서로 공감대가 높았다.

코끼리 조련사들이 받는 대우는 동남아 출신의 일반적인 이주 노동자들보다는 훨씬 나은 수준이었다. 사실 우리나라에서 일하고 있는 이주 노동자들의 상황은 열악하기 짝이 없다. 월 평균 급여가 2011년을 기준으로 100만 원에도 채 못 미치는 99만 9000원.* 이마저도 체불되기 일쑤인 데다 부당 해고, 산업 재해, 폭력 등 다양한 인권 침해도 심심치 않게 일어난다. 공장 옆에 딸린 컨테이너에서 거주하는 경우도 많아서 2009년 국제 엠네스티는 우리나라의 이주 노동자 실태를 조사한 후 발표한 보고서에서 '일회용 노동자'라는 표현을 쓰기도 했다. 이주 노동자들이 일회용 물품처럼 아무렇게나 사용되고 쉽게 버려진다는 점을 지적한 표현이다.

국내 이주 노동자들의 상황이 워낙 열악한 경우가 많기 때문에 그

* 《서울신문》 「외국인 노동자 생산 유발 효과 年 10조 원 시대」 (2012.4.23)

것을 기준으로 판단해서는 안 되겠지만, 그래도 코끼리월드에서는 조
련사들의 처우에 상당히 신경을 써주었다. 조련사들은 한 달에 200만
원 정도의 급여를 받았고 1년에 한 달씩 휴가를 받아 고향에도 다녀
왔다. 휴가 때면 왕복 비행기값을 코끼리월드에서 부담했다. 코끼리 조
련사들은 전문성을 인정받았기 때문일 것이다. 코끼리월드의 수익 기
반인 코끼리들의 안녕과 코끼리 공연의 진행은 전적으로 조련사들에
게 달려 있었다. 조련사들은 코끼리월드의 핵심 인력인 셈이었다. 동
물원 수의사인 나조차 코끼리에 대해서만큼은 조련사들의 지식을 따
라가지 못할 정도이니, 이들의 전문성은 의심의 여지가 없다.

하지만 조련사들은 때때로 문화적 차이로 인한 오해를 사기도 했
다. 가끔 조련사들이 코끼리월드에서 해고되는 경우가 있었다. 어느
날 갑자기 안 보여서 물어보면 이미 자기 나라로 떠났다고 했다. 조련
사의 해고 사유로는 게으름을 피웠다는 것이 가장 많았다. 실제로 정
이사는 조련사들의 숙련도나 전문성은 인정하면서도 노동 강도에 대
해서는 상당히 박한 평가를 내린다.

"그 조련사들이 우리나라로 치면 70년대, 80년대에 중동으로 돈
벌려고 나간 사람들과 마찬가지란 말이에요. 우리나라 사람들이 외화
를 벌려고 얼마나 열심히 일했습니까? 밥 먹는 시간도 아까워했다고
요. 그런데 이 사람들은 달라요. 조금이라도 더 열심히 해서 돈을 벌어
출세해야지 하는 생각 자체를 안 하더라고요. 동남아는 이모작, 삼모
작을 해서 먹을 게 널려 있으니까 우리나라처럼 열심히 일할 필요가

없어서 그런 걸까요?"

　정 이사의 생각은 고정관념으로 해석할 수도 있지만 사실 이와 비슷한 증언은 동남아 전문가에게서도 나온다.『동남아 문화 산책』의 저자인 서강대학교 신윤환 교수는 동남아 사람들에게 게으름이란 여유의 표출이지 성격의 결함이 아니라고 지적한다. 하루에 두세 시간만 일해도 충분히 살아갈 수 있는 자연환경 때문에 예로부터 동남아에서는 부지런함이 곧 수선을 떠는 것과 같았고 부의 축척은 미덕이 아니었다는 것이다.*

　그런데 동남아 사람들이 마냥 게으르기만 하다면 동남아 출신의 수많은 노동자가 우리나라에서 야근과 잔업을 감수하면서까지 돈을 벌고 있는 현실은 어떻게 설명해야 할까? 나는 민족성이나 문화도 경제적 상황에 따라 달라진다고 생각한다.

　게다가 내가 직접 지켜본 바로는, 조련사들의 하루 일과는 결코 만만하지 않았다. 코끼리를 중심으로 아주 빡빡하게 돌아갔다. 조련사들의 일은 새벽부터 시작되었다. 새벽같이 일어나 코끼리들의 상태를 확인하고 먹이를 먹여야 했다. 우치동물원에 오기 전까지는 오전 11시부터 오후 5시 30분까지 다섯 차례의 공연을 진행했고 공연장 옆에서는 하루 종일 코끼리 타기 체험을 진행했다. 저녁에는 다음 날 관람

* 신윤환 「동남아인들의 가치관과 윤리 의식: "게으름"과 "느슨함"」《서남포럼 뉴스레터 20호》
 (2006.5.10)

객들에게 코끼리 먹이로 팔 당근을 잘랐고 밤이면 한두 명씩 교대로 코끼리들 옆에서 불침번을 섰다. 또 반드시 영양식을 먹여야 한다는 코끼리월드의 방침 때문에 수시로 교외로 나가 직접 생풀을 베어 트럭에 실어왔다. 혹사는 아니었지만 결코 만만한 일도 아니었다.

그래도 우치동물원으로 옮긴 다음부터는 더 이상 공연을 하지 않게 되었으니 일이 조금은 수월해졌을 것이다. 또 우치동물원 바로 뒷산에 신우대가 널려 있어 먹이를 구하기도 한결 편해졌고 관람객이 적으니 잘라야 하는 당근의 양도 적어졌다. 상대적으로 여유가 생긴 조련사들은 해가 지면 근처 저수지로 밤낚시를 나서곤 했다. 물에 직접 들어가 투망질로 블루길이나 베스를 잡았다. 밤낚시에서 잡힌 물고기는 바싹 튀겨져 다음 날 아침 밥상에 올랐다. 조련사들은 물고기뿐 아니라 매미나 잠자리도 곧잘 잡았다. 우치동물원은 녹지로 둘러싸인 교외에 위치해 있어서 조련사들이 좀 더 고향 같은 느낌을 가졌던 것 같다.

어쩌면 코끼리월드에서는 우리나라의 70년대 산업 역군 수준의 노동 강도를 기대한 탓에 박한 평가를 내린 것인지도 모르겠다. 어쨌든 이것만은 분명하다. 조련사들은 우치동물원에서 가장 열심히 일하는 사람들이었다.

6. 조련사와 나눈
우정의 빛깔

조련사들은 코끼리월드의 입장에서는 직원이었지만, 수의사인 내게는 선생님이자 동료이자 좋은 친구였다. 처음 만났을 때는 이 중 선생님의 역할이 가장 컸다. 그도 그럴 것이, 코끼리에 관심이 많다고는 해도 간접 경험이 전부였던 나에 비하면 조련사들은 어릴 때부터 코끼리와 부대끼며 코끼리에 관한 지식을 자연스럽게 습득한 최고의 전문가들이었다. 자기 몸보다 몇 배나 큰 코끼리를 능숙하게 다루는 모습에서는 어떤 '포스'마저 느껴졌다. 나는 코끼리에 대해 궁금한 것이 있을 때마다 조련사들에게 질문을 던졌다. 코끼리에 관한 한 이들은 최고의 스승이었다.

그러다 시간이 흐르면서 차츰차츰 내 역할이 커져갔다. 특히 아픈 코끼리를 치료하는 데 도움을 주게 되면서 나는 조금씩 조련사들에게 인정을 받았다. 사실 코끼리 템의 발이 부어 내가 나섰을 때만 해도, 조련사들은 내게 영 못 미덥다는 시선을 보냈었다. 명색이 수의사라고는 하나 코끼리를 처음 다루는 사람이 돕겠다고 나서니 반신반의할 수밖에. 하지만 다행히 이후 결과가 여러 번 좋게 나오자 그다음부터는 코끼리가 아픈 기미가 보이면 조련사들이 먼저 나에게 찾아와 이런저런 조언을 구하곤 했다.

그런 과정을 거치며 나와 조련사들은 코끼리를 잘 돌보아야 한다는 데에 뜻을 모은 좋은 동료로 거듭났다. 우리는 손발이 착착 맞았다. 특히 코끼리에게 주사를 놓을 때면, 호흡이 잘 맞는 한 팀이 되었다. 우선 다 함께 천정에 수액 열 병을 달아맨다. 그리고 코끼리 등에 조련사가 올라가면 내가 수액이 들어가게 될 가느다란 라인을 잡고 코끼리 귀 뒤의 혈관에 주사침을 꽂는다. 라인을 타고 수액이 들어가는 동안, 코끼리 등에 탄 조련사는 병 안의 수액이 다 떨어지기 직전에 얼른 라인을 바꾸어 다른 병에 연결한다. 그동안 다른 두 명의 조련사는 코끼리가 움직이지 않도록 내내 양쪽에서 갈고리로 코끼리 귀를 잡고 있다.

코끼리에 관한 의학 지식을 나누다 보니 조련사들에게 한계가 있다는 점도 조금씩 보이기 시작했다. 조련사들이 쓰는 약 중에는 최근에는 잘 쓰이지 않는 옛날 약도 많았다. 한국에 들어온 초기에 구한 약을 지금까지 계속 고집하고 있는 것 같았다. 다행히 코끼리에게서 별다른 내성이 보이지 않았기 때문에 가능하다면 쓰던 것을 계속 써도 괜찮았지만 그중에는 단종이 된 약도 꽤 있었다. 그런데도 조련사들은 변화를 싫어하는 편이라 꼭 그 약을 사야 된다고 고집을 부리곤 했다. 그럴 때마다 나는 조련사들을 열심히 설득해 같은 종류의 새로운 약들로 대체했다. 아무래도 조련사들은 자신들만의 보수적인 치료법을 선호하는 경향이 있는 것 같았다. 그래서 나는 요즘 많이 쓰이는 약품을 계속 지원해주었다.

나와 조련사들은 일을 떠나 사적으로도 좋은 친구였다. 조련사들은 한결같이 인사성이 참 밝았다. 언제 마주쳐도 우는 얼굴로 꼬박꼬박 인사를 했다. 특히 라오스 출신 조련사들은 '배꼽 인사'를 주로 해서 매우 예의 바르다는 인상을 남겼다.

내가 코끼리 타는 것을 좋아한다는 것을 알고 나서 조련사들은 나를 코끼리 등에 자주 태워주었다. 내 친구들이나 가족들이 놀러오면 이들도 기꺼이 태워주었다. 한 번 타고 나면 다들 그렇게 즐거워할 수 없었다. 이미 태국에서 코끼리 타기 체험을 해본 경험이 있는 친구들도 "태국에서 타던 것보다 더 재밌네." 하며 감탄했고 아이들도 연신 웃음을 터트리며 "코끼리야, 고마워." 하며 코끼리를 향해 손을 흔들었다. 코끼리 덕분에 잊을 수 없는 추억을 갖게 된 지인들 앞에서 나는 동물원 수의사로서 어깨를 으쓱할 수 있었다. 어떻게 보면 남의 회사에서 상습적으로 공짜 신세를 진 셈이긴 하다. 하지만 내가 조련사들에게 도움을 주고 있는 것을 잘 아는 정 이사도 조련사들의 이런 '서비스'를 눈감아주었다. 오히려 지인들을 더 데려오라고 말해주기까지 해서 내심 무척 고마웠다.

조련사들과 가끔 족구 시합도 벌였다. 나를 비롯한 동물원 직원들이 한편이 되고, 조련사들이 한편이 되었다. 세팍타크로를 즐기는 동남아 사람들답게 조련사들은 모두 족구를 잘했다. 그런데도 우리 동물원 직원 팀이 이길 때가 더 많았다. 조련사들이 공격은 잘하는데 수비가 잘 받쳐주지 못했기 때문이다.

조련사들이 아플 때면 내가 간단히 치료해주기도 했다. 비록 의사가 아니라 수의사지만 할 수 있는 응급 처치는 다 해주었다. 조련사들은 코끼리 타기 체험을 진행하느라 하루 종일 코끼리 위에 앉아 있어야 했는데, 미끄러지지 않으려고 하체에 힘을 주다 보니 허리와 허벅지에 통증이 종종 생기는 모양이었다. 통증을 호소하는 조련사들에게 나는 진료실에서 파스를 건네주었다. 조련사들은 신우대를 자를 때 날카로운 신우대 단면에 찔린 적도 몇 번 있었고, 우리에서 일하다가 튀어나온 못에 발을 다친 적도 있었다. 간단한 상처는 내가 진료실에서 소독을 해주기도 했다. 감기도 제법 골치였다. 더운 나라에서 와서 그런지 조련사들은 수시로 감기에 걸렸다. 나는 조련사들을 위해 진료실에 일반 감기약을 꼭 상비해두었다.

모든 조련사가 다 기억에 남지만 특히 기억에 남는 조련사들이 있다. 태국 남부 지방 출신인 우왓은 실력 면에서 특히 두드러진 조련사였다. 태국의 코끼리 학교에서 전문적으로 일을 배워서 그런지 코끼리 주사도 척척 놓았다. 내가 코끼리를 치료할 때면 주로 우왓이 보조를 해주었다. 내가 약을 처방하면 우왓은 약병을 살펴보고 약의 이름이나 사용 용량을 확인했다. 우왓이 한 번 더 확인해주니 안심이 되었다.

우왓은 일뿐 아니라 사냥이면 사냥, 술이면 술, 못하는 게 없었다. 나이도 가장 많았고 힘도 가장 좋은 데다 얼굴도 사내답게 잘생겼다. 그래서 자연히 다른 조련사들의 리더가 되었다. 저녁에 조련사들이 근처 저수지로 사냥을 나갈 때도 우왓이 주도했다. 우왓은 여자들에게도 인기가 많았다. 한국에 취업한 태국 여성들이 종종 우왓을 찾아와

다. 먼 타국까지 와서 무슨 재주를 발휘해 여자들을 꾄 것일까. 우왓 정도의 카리스마라면 그리 어려운 일은 아니었을 것 같기도 하다.

역시 태국 출신이었던 토미는 손재주가 뛰어났다. 특히 코끼리 꼬리털로 반지를 만드는 데에 선수였다. 이게 보기보다 훨씬 섬세한 작업이다. 입과 손을 모두 동원해야 했다. 나도 토미에게 코끼리 꼬리털 반지를 하나 얻어 부적처럼 휴대폰에 달고 다녔다. 토미의 설명으로는 이 반지를 가지고 다니면 행운이 온다고 한다. 꼭 그 말이 아니더라도 코끼리의 몸에서 나온 물건이라는 것만으로도 어쩐지 든든한 느낌이 들었다. 토미는 고향에 다녀올 때마다 튼튼한 줄을 사 와서 새총을 만들기도 했다. 이 줄이 굉장히 탄력이 좋아서 토미의 새총은 사정거리가 꽤나 길었다. 조련사들은 토미가 만든 새총을 하나씩 주머니에 넣고 다니다가 산비둘기 따위를 사냥하는 데 이용했다.

와피난은 조련사 중에 가장 어렸던 친구다. 소년 티가 채 가시지 않은 앳된 얼굴이었다. 칭찬을 받으면 말없이 얼굴을 붉히는 순진한 친구였는데, 족구를 할 때면 180도로 변해 주전 공격수로 활약했다. 와피난이 제대로 날리는 강 스파이크는 아무도 리시브하지 못할 정도였다.

처음에 온 라오스 출신 조련사들 중에 끝까지 남은 사람은 단 두 명뿐이었다. 바로 조련사들의 대변인 격이었던 캄텐과 그의 형 캄폰이다. 정 이사도 캄텐, 캄폰 형제에 대해서만큼은 성실하다는 칭찬을 아끼지 않는다.

캄텐이 대변인 역할을 할 수 있었던 것은 한국말을 가장 잘했기 때문이다. 한국 땅을 처음 밟았을 때 열여덟의 나이였던 캄텐은 1년 만에 한국어를 독학해서 제법 말을 알아듣고 곧잘 하는 수준에 이르렀다. 그래서 조련사들과, 코끼리월드 경영진 및 동물원 직원들을 잇는 중요한 연결 고리가 되었다. 캄텐이 없었다면 나와 조련사들이 의사소통을 하기도 그만큼 어려웠을 것이고 내가 코끼리에 대한 지식을 쌓기도 힘들었을 것이다.

그렇다고 캄텐이 다른 조련사들보다 월급을 더 받지는 않았다. 나라면 억울하다고 생각했을 텐데 캄텐은 한 번도 항의하지 않았다. 그 대신 방송사에서 코끼리 출연 섭외가 오면 대부분 캄텐이 같이 출연했고 그때마다 출연료로 부수입을 얻었다.

형인 캄폰은 라오스에서 대학까지 나온 똑똑한 친구였다. 하지만 동생과는 대조적으로 말수가 적었다. 그저 웃는 얼굴로 일에만 몰두하곤 했다. 조련사로 일하는 동안 형제는 늘 멋진 미래를 꿈꾸었다. "돈 많이 벌어서 라오스 갈 거예요. 결혼해서 큰 식당을 차릴 거예요."

형제는 종종 큰 식당에 대한 포부를 펼쳐 보였다. 그렇다고 이들이 극빈층이라고 생각한다면 틀렸다. 캄텐, 캄폰 형제는 라오스에서 비교적 형편이 나은 가정에서 자랐다. 집에서 코끼리를 길렀다는 것이 그 증거다. 형제는 집에서 기르던 코끼리를 코끼리월드에 팔고 자신들은 조련사로 취직한 것이다. 형제의 코끼리는 짠다라는 이름의 건장한 수컷 코끼리였다. 짠디는 이 형제들처럼 나머지 코끼리들을 이끄는 리더였다. 형제의 집안에는 짠디 말고도 또 한 마리가 있는데 그 코끼리는 여전히 집에서 기르고 있다고 했다.

이 외에도 많은 조련사들이 떠오른다. 코끼리가 아니었다면, 내가 라오스의 청년들과 이렇게 깊은 우정을 나누기 어려웠을 것이다. 오래 있었던 조련사든, 잠깐 있었던 조련사든 나는 이들 모두에게 감사한다. 나도 코끼리들을 위해 최선을 다했다고는 하지만 그래도 조련사들의 정성에 비할 수는 없다. 누가 시키지도 않았는데, 조련사들은 밤마다 돌아가면서 코끼리 옆에서 불침번을 섰다. 코끼리들을 제 몸처럼 돌보는 이들을 보면서 나도 수의사로서 마음을 늘 새롭게 다졌다.

7. 영화부터 광고까지, 스타덤에 오르다

코끼리들이 동물원에 온 뒤에 새삼 알게 된 사실이 하나 있다. 코끼리는 광고 모델로 인기가 많다는 것이다. 아무래도 그 압도적인 몸집 때문에 시각적으로 강한 인상을 남기기 때문인 듯하다. 덩치는 크지만 초식동물이라 위협적이지 않고 어딘가 친근한 느낌도 모델로서 장점이었을 것 같다. 하지만 일반 동물원의 코끼리는 본격적으로 훈련을 받은 적이 없는 경우가 많아 촬영이나 행사에 동원하기에는 무리가 따른다. 그래서 이미 공연용으로 잘 훈련된 우리 코끼리들에게 수많은 '러브콜'이 쏟아졌다.

러브콜은 우치동물원에 오기 전부터 들어왔다. 가장 대표적인 것이 오페라 「아이다」이다. 2003년 9월에 서울의 잠실 주경기장에서 열린 오페라 「아이다」는 당시 「투란도트」에 이어 두 번째로 시도되는 대형 야외 오페라였다. 총 제작비만 50억 원이었던 「투란도트」는 세계적인 영화감독 장이모우가 연출했는데, VIP석 가격이 50만 원이나 되었음에도 불과 나흘 동안 11만 명의 관객을 모아 크게 히트했다고 한다. 「아이다」는 그 성공을 뛰어넘겠다고 나선 작품이었다.

베르디가 작곡한 이 오페라는 고대 이집트를 배경으로 펼쳐지는, 이집트 장군 라마데스와 에티오피아 공주 아이다의 비극적인 사랑 이야기다. 「투란도트」의 화려함을 뛰어넘기 위해 「아이다」의 기획사는 제2막의, 라마데스 장군의 개선 장면에 공을 들였다. 개선 행진곡에 맞추어 코끼리를 포함한 일흔여 마리의 동물, 1000여 명의 엑스트라, 열두 대의 전차가 공연장인 잠실 주경기장 트랙을 한 바퀴 돌게 한다는 계획이었다. 10분도 채 걸리지 않는 이 한 장면에만 총 제작비 80억 원 중 10억 원이 투입되었다. 우리 코끼리들은 바로 이 장면에 출연 요청을 받은 것이다.

그해 9월부터 코끼리들은 인천과 서울을 오가며 공연 연습을 시작했다. 송도유원지에 도착한 지 불과 석 달 만이었다. 평소에는 원래대로 송도에서 공연을 하고, 오페라 연습이 있는 날이면 진동 컨테이너를 타고 서울로 이동했다. 이때는 아직 쿤이 갑작스럽게 죽기 전이라 모두 열 마리였다. 조련사들도 배우가 되었다. 이들이 맡은 역할은 코끼리를 모는 이집트 병사. 배우가 된 코끼리와 조련사 들은 운동장 안을 뱅뱅 돌며 부단히 연습을 했다. 코끼리 외에 말 쉰다섯 마리와 낙타 여섯 마리도 개선 행렬에 포함되어 있었다. 나는 그 공연을 직접 보지는 못했지만 이 많은 동물들이 한데 모여 잠실 주경기장을 행진 하는 장면은 상상만 해도 장관이었을 것 같다.

하지만 호기롭게 시작한 「아이다」는 「투란도트」만큼 흥행을 거두 지는 못했다. 「아이다」는 40억 원의 적자라는 처참한 성적을 남겼다. 더욱 슬픈 것은, 우리 코끼리들이 출연한 '동물 쇼' 장면이 혹평을 받 았다는 것이다. 평론가들은 이 오페라의 하이라이트인 개선 장면이 이 동물 쇼 때문에 예술적 완성도가 희석되었다는 혹평을 던졌다.* 여 러 동물들의 행진이 질서정연하지 못해 군대다운 분위기가 나지 않기 도 했지만, 더욱 난감한 문제는 동물들이 행진 도중 대변을 보는 바람 에 관람객들이 악취에 시달린 것이었다. 코끼리 똥은 다른 동물 똥보 다 악취가 덜한 편이니, 아마도 말과 낙타의 똥에서 풍긴 악취가 아니 었을까. 어쨌든 동물을 동원할 때는 이런 세심한 부분까지 신경 써야 하는데 그렇지 못했나 보다. 비록 흥행에는 실패했지만 나는 우리 코 끼리들이 이집트 코끼리 연기를 훌륭히 해냈을 거라고 믿어 의심치 않 는다.

* 《세계일보》「야외 오페라 '아이다'가 남긴 교훈」 (2003.9.23)

오페라 출연 배우라는 화려한 경력을 쌓은 우리 코끼리들은 이후에도 끊임없이 러브콜을 받았다. 2008년에는 KBS에서 방영된 드라마 「최강칠우」에서 출연 요청을 받았다. 이때도 아직 우치동물원에 오기 전, 어린이대공원에 있을 때였다. 이번에는 코끼리들이 드라마 배우로 나서게 되었다.

2008년 6월부터 8월까지 KBS에서 방영된 「최강칠우」는 조선 시대를 배경으로 한 무협 사극을 표방한 드라마이다. 주인공 최칠우는 인기 그룹 신화의 에릭이 맡아서 연기했는데, 낮에는 의금부의 하급 관리로 일하지만 밤만 되면 악인을 처단하는 자객단의 일원으로 변신하는 의협심 넘치는 인물이다. 우리 코끼리들이 등장하는 장면은 「최강칠우」의 6회였다. 이날 방송분에서 마을 어린이들은 최칠우가 있는 자객단을 찾아와 코끼리를 없애 달라고 부탁한다. 이 코끼리는 인조가 청나라로부터 선물 받은 뒤 정3품 벼슬을 하사한 귀한 몸. 하지만 코끼리를 맡은 지방 관아 주변의 백성들은 이 귀하신 몸이 먹을 쌀을 대느라 허리가 휜다.

스토리를 듣고 보니 어디서 많이 본 상황 같지 않은가. 이 책에서도 앞서 소개한 『조선왕조실록』에 기록된 한반도 최초의 코끼리 이야기와 흡사하다. 찾아보니 「최강칠우」의 연출을 맡은 박만영 피디는 이 드라마가 퓨전 사극이 아니라 정통 사극이라고 강조하며, 극본의 기본 바탕은 『조선왕조실록』에 근거했다고 밝히기도 했다.*

모티브는 비슷하지만 세부 내용에서는 조금 차이가 있었다. 드라마에서는 코끼리를 맞이한 왕이 태조가 아닌 인조로 나오고, 코끼리가 온 나라도 일본이 아닌 청나라로 설정이 조금씩 바뀌어 있었다. 코끼리를 둘러싼 상황 전개도 기록과는 조금 달랐다. 최칠우는 코끼리를 없애겠다며 관아로 가지만, 알고 보니 코끼리는 쌀이 아닌 풀만 먹는다. 군수가 코끼리를 핑계로 쌀을 거두어 착복하고 있었던 것이다. 진실을 알게 된 백성들이 들고일어나자 군수는 쌀과 돈을 남긴 채 줄행랑친다.

이 드라마에는 코끼리가 한 마리만 필요하다고 해서 암컷 코끼리인 캄이 출연하기로 했다. 캄은 성질이 유난히 온순하고 사람 말을 잘 따라서 이런 일에 적격이었을 것이다. 이번에는 오페라 때처럼 따로 연습을 하지는 않았다. 다만 아역 배우들이 촬영 전에 미리 어린이대공원을 방문해 코끼리와 인사를 나누었다. 캄과 미리 친밀감을 쌓아두면, 당일 촬영이 좀 더 수월해지리라는 생각에서이다.

촬영이 있던 날, 캄은 조련사, 코끼리월드 관계자와 함께 새벽에 어린이대공원을 출발해 오전 9시에 촬영지인 경상북도 문경에 도착했다. 캄은 촬영장의 귀빈이었다. 이날의 촬영 스케줄이 모두 캄에게 맞추어졌다. 그럴 수밖에 없는 것이, 이날 하루 캄의 출연료가 무려 1000만 원이었다. 자칫 캄의 상태가 나빠져 촬영을 못하게 되면 제작사로서는 손해가 이만저만이 아니었을 테니, 캄을 극진히 대접할 수밖

* 《조이뉴스24》 「'최강칠우' PD "퓨전 사극 아닌 정통 사극"」 (2008.6.4)

에 없었을 것이다.

캄이 어느 정도 현장에 적응하자 오전 10시부터 촬영이 시작되었다. 캄은 저잣거리를 지나는 장면, 쌀을 바치는 백성들 옆에 서 있는 장면, 지방 관아의 우리 안에서 풀을 먹는 장면 등을 촬영했다. 워낙 온순하고 영리한 캄이라서 촬영은 순조로웠다고 한다. 주인공인 에릭은 촬영을 쉴 때면 캄을 쓰다듬고 직접 당근을 먹이며 즐거워했다.

같은 해에 영화에서도 러브콜을 보냈다. 700만 명을 동원하며 2008년 최고 흥행작으로 기록된 영화 「좋은 놈, 나쁜 놈, 이상한 놈」에도 우리 코끼리가 출연했다. 코끼리는 이 영화에 나오는 귀시장에 살짝 등장한다.

이 영화의 배경은 1930년대 만주. 현상금 사냥꾼 박도원(정우성), 마적단 두목 박창이(이병헌), 열차털이범 윤태구(송강호)가 청나라 보물 지도를 놓고 서로 쫓고 쫓기는 숨 가쁜 추격전을 벌인다. 영화 속 주요 공간 중 하나인 귀시장은 이국적인 풍광과 스펙터클한 액션을 함께 보여주는 장소다. 김지운 감독은 귀시장에 대해 이렇게 설명한다.

"귀시장은 이를테면 청계천 같은 공간이다. 어렸을 때는 청계천 상가에서 잠수함이나 인공위성까지 만든다는 설도 있었다.(웃음) 그런 청계천의 만주식 변용을 만들려고 했다. 그래서 온갖 것이 다 있는 거다."*

*《씨네21》「[김지운] "극단의 시청각적 쾌감을 느껴 보라」 (2008.7.22)

귀시장 세트는 전라북도 정읍에 마련되어 있었다. 「최강칠우」 촬영 때와 마찬가지로 코끼리는 새벽같이 어린이대공원을 나서서 촬영장으로 이동했다. 하지만 코끼리가 상당한 비중을 차지했던 「최강칠우」와 달리 「좋은 놈, 나쁜 놈, 이상한 놈」에서 코끼리가 등장하는 장면은 찰나에 불과하다. 윤태구가 귀시장 안을 걸을 때 그 앞을 잠시 스쳐 지나갈 뿐이다. 코끼리 외에도 호랑이, 낙타, 늑대 등이 등장해 이날 촬영장은 마치 동물원을 떠올리게 했다. 한국 영화사상 이렇게 다양한 동물이 등장하는 영화는 처음이라고 한다.

그런데 실제로 1930년대 만주의 시장에서 코끼리를 볼 수 있었을까? 그랬을 것 같지는 않다. '시대적 고증에는 관심 없이 이국적인 풍광으로 채우는 오락 영화'*라거나 '귀시장은 1930년대 만주라기보다 「스타워즈」의 타투인 행성 같은 느낌이 난다.'**는 혹평에서 알 수 있듯이 「좋은 놈, 나쁜 놈, 이상한 놈」은 그 당시의 모습을 역사적으로 충실히 재현하기보다는 감독이 원하는 판타지적인 공간을 구현하는 데 더욱 힘쓴 것으로 짐작된다. 코끼리는 그 효과를 극대화하는 역할을 했던 셈이다.

코끼리들은 텔레비전 광고에 등장했다. 2011년 방영된 대한항공

---

* 《한겨레신문》 「새해 충무로 시계는 거꾸로 돈다」 (2007.12.23)
** 《씨네21》 「[김지운] "극단의 시청각적 쾌감을 느껴 보라"」 (2008.7.22)

광고였다. 항공사와 코끼리가 무슨 관계가 있을까? 기존의 항공사 광고가 주로 좌석의 편안함이나 해외 여행지의 풍광을 강조한 데 비해 이 광고는 화물 운송에 초점을 맞추었다. 대한항공이 국제 항공 화물 분야에서 6년 연속 세계 1위를 차지한 것을 홍보하는 광고였기 때문이다. 이 광고에서 코끼리는 자동차, 말과 함께 대한항공이 운송하는 화물 중 하나로 등장한다. 옮기기 힘든 화물로 코끼리만 한 것이 또 있을까? 광고를 기획하면서 세상에서 제일 큰 동물을 떠올린 대한항공의 상상력이 그럴 듯하다고 생각했다.

대한항공은 실제로 코끼리를 운송한 적이 있다. 현재 제주도의 점보빌리지에 있는 코끼리들이 바로 대한항공을 타고 우리나라에 왔다. 정작 광고 모델이었던 우리 코끼리들은 아시아나항공의 화물기를 타고 왔지만 말이다. 광고에 나오는 코끼리 상자도 실제로 코끼리를 옮길 때 쓰인 상자와 살짝 달랐다. 이동용 코끼리 상자는 보통 코끼리가 밖을 내다보고 불안해하지 않도록 나무판으로 덧대어 만든다. 그래서 언뜻 보면 안에 코끼리가 있다는 것을 알아채기 힘들다. 하지만 광고에서 그렇게 만들면 코끼리가 그 안에 타고 있다는 것을 보여줄 방도가 없었을 것이다.

그 외에 텔레비전 방송 프로그램에는 꽤 자주 출연했다. 특히 지금은 종영된 KBS 「체험 삶의 현장」의 단골손님이었다. 2003년부터 2007년까지 해마다 한 번씩 모두 다섯 번 출연했다. 주로 연예인들이 코끼리들을 찾아와 식사 준비하기, 목욕 시키기, 우리 청소하기, 공연

연습하기 등을 체험하는 내용을 촬영했다. 이때 코끼리들은 배우로서
가 아니라 평소 모습 그대로 방송에 나왔다. 일일 코끼리 조련사로 일
한 연예인들은 가수 그룹 코요테, 개그우먼 김다래, 가수 그룹 더자
두, 개그맨 표인봉, 개그우먼 함효주, 탤런트 신신애 등이 있다. 하지만
코끼리들이 우치동물원으로 옮긴 이후로는 안타깝게도 이 프로그램
의 섭외가 뚝 끊겼다. 코끼리 조련사 체험은 언제나 공연 성공으로 마
무리되었는데, 우치동물원에서는 공연이 없다 보니 아무래도 '그림'이
안 나온다고 판단했던 모양이다. 하지만 이후 우리 코끼리들은 전무
후무한 사건으로, 다시 한 번 텔레비전의 스타로 떠오른다.

8. 발견!
코끼리 임신의 징후

코끼리들이 우치동물원에 자리를 잡은 이듬해인 2009년 봄, 무언가
심상치 않은 점이 눈에 띄기 시작했다. 열세 살 동갑내기 암컷 코끼리
쏘이와 붕이 다른 암컷 코끼리들에 비해 젖이 퉁퉁하게 붇고 엉덩이
살이 축 처지고 배가 부쩍 나와 있었다. 조련사들은 임신한 것이라 장
담했다. 쏘이와 붕의 애인으로 지목된 수컷 코끼리는 템. 영리하고 눈
치가 빨라서 수컷 중에서 가장 돋보이던 녀석이었다. 인간 사회에서도
능력 있는 남자가 여자들에게 인기가 많듯이 재주꾼 템은 두 처자의

마음을 동시에 사로잡았나 보다.

자연 상태에서 코끼리는 모계 사회를 이룬다. 엄마, 이모, 자매로 이루어진 암컷 코끼리 무리가 함께 새끼를 키운다. 수컷은 어느 정도 나이가 되면 무리에서 떨어져 나가 홀로 다니거나 다른 수컷들과 어울려 다닌다. 성인이 된 암수 코끼리가 함께 있는 것은 발정기 때뿐이다. 하지만 발정기인 수컷은 성질이 사나워지기 때문에 자칫 암컷에게 해를 입힐 수도 있다. 그래서 코끼리가 있는 동물원에서는 특별히 임신을 목적으로 하지 않는 이상 발정기의 수컷은 격리해둔다. 우치동물원에 있는 동안에도 발정기의 수컷은 우리 바깥쪽에 따로 재우곤 했다. 그런데 코끼리월드는 일부러 발정기 때 암컷과 수컷을 합방시킨 적이 있다. 일종의 계획 임신이라고나 할까. 2007년 10월에서 2008년 4월까지가 바로 그 시기였다. 조련사들은 당시 10월에서 12월 사이에 템이 쏘이, 봉과 각각 교미하는 장면을 목격했다고 했다. 정말 임신일까? 임신 가능성을 생각한 뒤부터 나는 설렘 반, 두려움 반의 마음으로 쏘이와 봉을 유심히 살펴보았다.

그 시점에서는 임신을 확신하기가 살짝 애매하기도 했다. 쏘이와 봉의 배에서 태동이 느껴지지 않는 것이야 코끼리의 피부가 워낙 두꺼우니 그럴 수 있다 하더라도, 여름이 이미 지나 가을이 무르익도록 출산 기미가 없었기 때문이다. 코끼리의 임신 기간은 무려 22개월. 포유류 중 임신 기간이 가장 긴 축에 든다. 그렇다면 2007년 12월 말에 임신이 됐다고 가정했을 때 2009년 10월이면 새끼가 나와야 하건만 쏘이와 봉에게서는 아무런 낌새도 보이지 않았다.

우치동물원으로서는 한 마리도 아닌 두 마리 코끼리의 출산에 대비하기 위해 임신 여부를 확실히 해둘 필요가 있었다. 그래야 출산 예정일도 정확하게 계산할 수 있을 터였다. 하지만 어떤 방법으로 알아낼 것이냐가 문제였다. 동물원에서는 임신 진단이 빈번하게 이루어질 것 같지만 사실 그렇지 않다. 기린, 코뿔소, 북극곰같이 새끼가 무척 귀한 동물에 한해 소변 검사를 간혹 실시할 뿐이다. 우리나라에서 코끼리의 임신 진단이 이루어진 일은 단 한 차례도 없었다.

코끼리 출산 자체가 전무했던 것은 아니다. 어린이대공원에서는 1985년에 수컷 코끼리가, 1998년에 암컷 코끼리가 한 마리씩 태어났다. 안타깝게도 이 코끼리들은 생후 2년도 되지 않아 어린 나이에 죽었고, 1991년에 수컷 코끼리가 다시 한 마리 태어났다. 이 코끼리는 생후 2년 후 자연농원에 매각되었다. 1995년에 다시 수컷 한 마리가 태어났는데, 이 코끼리는 잘 살다가 2002년에 병으로 죽고 말았다. 이 코끼리들은 모두 어린이대공원에서 금실 좋기로 유명했던 태순이와 태산이라는 코끼리 부부의 새끼들이다. 태국에서 온 이 코끼리 부부는 사육 상태에서도 무려 네 번이나 번식에 성공해 동물원 관계자들을 깜짝 놀라게 했다. 이 부부의 다산은 1996년 암컷 코끼리의 죽음으로 인해 더 이상 기록 갱신을 하지 않게 된다. 한편 서울대공원에서는 1994년에 수컷 코끼리가 태어났다. 삼돌이라는 이름을 얻은 이 코끼리는 부산 동래동물원을 거쳐 현재 대전 오월드에 있다고 한다.

이보다 앞서 창경원 동물원에서는 코끼리 임신을 둘러싸고 기자들 사이에 한바탕 특종 소동이 벌어진 적도 있었다. 1978년 3월, 지금은 폐간되어 사라진 《신아일보》라는 일간지 사회면에 '국내 최초! 창경원 코끼리 임신─사육사들 확인, 어미 코끼리 돌보기 초비상'이라는 제목의 기사가 대문짝만 하게 실렸다. 특종을 놓친 다른 신문 기자들은 일제히 창경원으로 달려갔다. 코끼리 임신이라는 중요한 일을 어떻게 한 신문에만 특종으로 줄 수 있느냐는 항의가 동물원장과 사육과장에게 쏟아졌다. 그런데 동물원장이나 사육과장이나 어리둥절하기는 기자들과 매한가지였다. 이들도 코끼리 임신은 금시초문이었던 것이다.

결국 코끼리 조련사가 불려 왔다. 조련사는 처음에는 코끼리 임신을 입에 올린 적도 없다고 손사래를 쳤지만 곧 사실을 실토했다. 전날 저녁 《신아일보》 기자가 찾아와 다짜고짜 "코끼리 한 쌍이 교접을 했는데 알고 있느냐?"고 물은 것이 화근이었다. 두 사람 사이에는 이런 대화가 오갔다고 한다.

"최근은 아니고 한 달 전쯤 보았지."

"임신한 것 아닌가?"

"정말 그러면 얼마나 좋아. 우리 동물원에서 코끼리가 새끼를 낳는 첫 케이스가 되는데."

"코끼리 임신 기간이 얼마나 되나?"

"어, 그게……."

"명색이 사육사가 임신 기간도 모르다니 기사감이네."

은근슬쩍 겁을 주던 기자는 "아무튼 이 얘기는 없었던 걸로 하지." 하며 돌아갔다. 그런데 덜컥 코끼리 임신 기사가 나온 것이다.

약이 오른 기자들은 창경원에 코끼리 임신 테스트를 하자고 요구했다. 다른 신문의 특종을 정면으로 뒤집으려면 과학적 근거가 필요했다. 하지만 창경원은 이를 거부했다. 교접하는 것을 보았다고 임신이라 단정할 수 없으며 덩치 큰 동물에게 임신 테스트를 하는 것은 위험하다는 이유였다. 그 대신 창경원은 '태국에서 들여온 코끼리가 임신했다는 일부 보도는 절대 사실이 아니며, 창경원은 임신했다는 코끼리가 정말 새끼를 낳을 가능성은 없다고 확신한다.'는 내용의 해명서를 기자들에게 배포했다. 코끼리 임신 소동은 이렇게 마무리되었다. 《경향신문》이 '창경원 동물 가족 대가 끊긴다.'는 제목으로 창경원 동물들의 서식 환경을 비판하는 기사를 내며 뒤끝을 과시하긴 했지만.[*]

창경원이 코끼리 임신 테스트를 거부한 가장 큰 이유는 그런 테스트를 어떻게 해야 하는지 경험도, 지식도 전혀 없었기 때문일 것이다. 이와 비슷하게 약 15년 후 서울대공원도 코끼리가 임신했다는 사실을 눈대중으로 짐작만 하고 있다가 출산을 맞이하지 않았을까 생각된다.

동물원에서의 코끼리 탄생은 간단한 것 같아도 결코 쉬운 일이 아니다. 코끼리는 주위 환경에 예민한 동물이라 동물원처럼 좁은 환경에

* 네이버캐스트 「그 시절 그 이야기 – 코끼리 임신 소동」(2010.3.17)

서는 성적 행동을 발휘할 확률이 정상 상태의 20퍼센트 정도로 뚝 떨어진다. 운이 좋아 가까스로 임신에 성공하더라도 유산하거나 사산할 확률이 40퍼센트를 웃돈다. 650여 일이나 되는 임신 기간을 별 탈 없이 무사히 지나 세상에 나온 새끼라 해도 안심할 수 없다. 성인이 될 때까지 생존할 확률은 50퍼센트가 채 안 된다. 이 모든 확률을 계산한다면 동물원 코끼리 백 마리당 한 마리 꼴로 새끼 코끼리가 태어나 무사히 자라나는 셈이다. 하지만 2008년을 기준으로 우리나라에 있는 코끼리는 서른 마리 정도에 불과한 데다가 코끼리월드와 점보빌리지에서 보유한 열아홉 마리를 제외하고는 대부분 암수 모두 임신하기에는 나이가 너무 많거나 짝이 없었다. 그러니 두 마리나 임신 중인 것이 사실이라면 거의 기적에 가까운 놀라운 사건이었다.

우리나라에서 동물에 대한 임신 진단이 가장 자주 이루어지는 곳은 대관령 목장일 것이다. 이곳에서는 젖소들의 임신과 출산이 철저하게 관리되고 있다. 소의 임신을 확인하는 방법은 간단하다. 수의사가 소의 직장에 손을 넣어보는 것이다. 소는 직장이 자궁 바로 위에 있기 때문에 얇은 직장 벽을 통해 태아나 태반 또는 임신 혈관의 존재를 알아낼 수 있다. 요즘에는 정확성을 더욱 높이기 위해 작은 초음파 기기를 이용하는데, 이때도 수의사가 초음파 기기를 쥔 손을 직접 소의 직장에 넣어야 한다. 나도 대관령에서 근무할 때 이런 식으로 임신 진단을 자주 했었다. 호주의 어느 동물원에서는 코끼리에게도 이와 똑같은 방법으로 임신 진단을 했다고 한다. 하지만 우치동물원에서는 조련사들이 극구 반대했다. 직장에 사람 손이 들어간 상태에서 코끼리가 흥분하기라도 하면 수의사가 위험할 수도 있기 때문이었다. 조련사들의 입장이 완강하니, 나도 그 방법을 더는 추진하지 못했다.

그 대신 가까운 곳에 있는 수의학 대학에 문의를 해보았다. 혹시 대학에서 보유한 장비로 코끼리 임신을 확인할 수 있느냐고 물어보았는데, 불가능하다는 답변만 돌아왔다. 대학의 장비로도 코끼리의 덩치를 감당하기에 무리라고 했다. 그래서 이번에는 국내의 어느 동물원 연구 기관에서 동물 똥으로 임신 여부를 진단한다는 소식을 듣고 연락해보았다. 연구 기관의 답변은 긍정적이었다. 나는 연구 기관에서 주문한 대로 열흘 동안 매일 한 차례씩 쏘이와 봉 그리고 임신하지 않은 다른 암컷 코끼리의 갓 싼 신선한 똥을 기다리고 있다가 얼른 봉지에 넣어 열흘 동안 냉장 보관한 후 택배로 보냈다. 임신하지 않은 코끼리의 똥까지 함께 보낸 것은 호르몬 수치를 비교하기 위해서였다. 그런데 진단 결과는 기대와 달랐다. 쏘이와 봉이 임신이 맞는다면 다른 코끼리들과 호르몬 수치가 달라야 하건만 세 마리 모두 엇비슷했다. 연구 기관에서는 그냥 상상 임신인 것 같다고 결론을 내렸다. 기대가 컸던 만큼 낙심도 컸다.

이때 조련사 우왓이 희망을 지펴주었다. 조련사 중 가장 나이가 많은 축이었던 우왓은 그만큼 경험도 많았다. 우왓에 따르면 태국에서도 코끼리 똥을 가지고 같은 방법으로 임신 검사를 한 적이 있는데 대부분의 코끼리가 음성이라는 결과가 나왔음에도 새끼를 낳았다고 했다. 그러면서 우왓은 그간 임신한 코끼리를 여러 번 보았다며 쏘이와 봉도 임신이 확실하다고 장담했다. 상반되는 이야기에 나는 반신반의하면서도, 내심 우왓의 말이 옳기를 기대했다.

내가 갈등하는 사이에도 조련사들은 그걸 굳이 확인해보아야 아느냐는 듯 쏘이와 봉을 임신부로 대접하며 특별 관리에 들어갔다. 밤이면 우리에서도 가장 안쪽에 모셔두고는 다른 코끼리들이 접근하지 못하게 막았다. 낮에는 밖으로 데리고 나가서 적당한 운동을 시켰다. 새끼가 너무 커져서 출산이 어려워지지 않도록 하기 위해서였다. 캄텐은 이렇게 설명했다. "사람처럼 코끼리도 임신했는데 운동을 안 하고 가만히 있으면 몸에 좋지 않아요."

이 와중에 SBS 「TV 동물농장」 제작진이 "요새는 뭐 재밌는 일 없나요?" 하고 전화를 걸어왔다. 각종 동물들의 일상을 보여주는 「TV 동물농장」은 2001년 처음 방송되어 이제 10년이 훌쩍 넘은 장수 프로그램이다. 우치동물원은 「TV 동물농장」과 이미 몇 번의 촬영을 함께 진행한 적이 있었다. 진료실에서 수의사의 손에 자라는 새끼 불곰 우미, 행동은 거칠지만 맘씨는 좋은 쌍봉낙타 봉봉이의 사연 등이 이미 「TV 동물농장」을 통해 소개되었다. 몇 번 재미난 이야기를 가져간 뒤 제작진은 특별한 일이 없어도 매주 한 번씩 전화를 걸어 새로운 촬영 소재를 문의하곤 했다. 이번에도 그런 차원의 전화였다. 나는 새로운 일은 없고 다만 코끼리 임신을 공식적으로 확인하는 데 어려움을 겪고 있다고 말했다. 무슨 기대를 가지고 한 말은 아니었고, 그저 있는 사실을 이야기한 것뿐이다. 하지만 내 이야기를 듣고 제작진은 이것이 흥미로운 아이템이 될 것을 직감적으로 알아챘던 것 같다.

며칠 후 「TV 동물농장」에서 다시 전화가 왔다. 그사이 제작진은 아는 수의사들에게 연락해 코끼리 임신 진단 방법을 문의해보았다고 했다. 그중 한 수의사가 미국에서 초음파 장비로 임신 진단을 하는 모습을 직접 본 적이 있다고 답했다. 서울에서 대인종합동물병원을 운영하는 최영민 수의사였다. 제작진은 그 초음파 장비를 제작한 회사에 연락해 협조도 구해놓았다. 방송국 사람들의 추진력은 정말 놀라웠다. 만사가 일사천리로 진행되었다. 촬영 날짜까지 금세 확정되었다.

2009년 11월 초 「TV 동물농장」 제작진이 코끼리용 초음파 장비를 싣고 우치동물원에 도착했다. 평소에는 담당 피디만 오는데 이때는 제작부장도 함께였다. 그만큼 이번 촬영이 중요하다는 것을 말하는 듯했다. 최영민 수의사도 동행했다.

제작진이 가져온 초음파 장비의 원리는 일반 산부인과에서 산모를 대상으로 하는 초음파 검사와 동일했다. 복부에 초음파 장비를 대고 이리저리 문지르면 화면에 태아의 형상이 잡히는 것이다. 원리는 같아도 실제 진단 과정은 만만치 않았다. 일단 코끼리의 배는 세상에서 제일 뚱뚱한 산모의 배보다 몇 배나 넓다. 게다가 코끼리는 사람처럼 배가 위쪽을 향하도록 몸을 뒤집을 수도 없다. 그래서 먼저 최영민 수의사와 내가 쏘이의 몸 아래로 들어가 어정쩡한 자세로 초음파 장비를 배에 댔다. 그러는 동안 코끼리가 흥분해서 움직이기라도 하면 큰 사고가 날 수 있기에 네 명의 조련사가 코끼리를 붙잡고 계속 큰 소리로 명령하며 움직이지 못하게 했다. 내가 생각해도 상당히 위험천만한 광경이었다. 최 수의사도, 나도 코끼리의 임신을 기어이 확인하고 말겠다는 열정에 사로잡혀 반쯤은 미쳐 있었던 것 같다.

초음파 장비를 계속 움직였는데도 코끼리 태아의 형상은 좀처럼 잡히지 않았다. 어정쩡한 자세로 장비를 붙들고 세 시간이 넘게 낑낑댔다. 임신을 확인할 수 있으리라는 기대는 점점 옅어져 갔다. 너무 힘들어 거의 단념할 무렵, 갑자기 화면에 희끄무레한 것이 나타났다. 최 수의사가 장비를 잡은 손을 고정시킨 상태에서 화면을 자세히 들여다보았다. 척추동물의 갈비뼈와 등골이 분명했다! 이 초음파 장비는 최신형이라 소리까지도 잡아낼 수 있었다. 이것이 태아의 갈비뼈가 맞는다면 그 안쪽에 심장이 있어야 하고 태아가 살아 있다면 심장 소리가 들려야 했다. 태아의 위치를 알아냈으니 이제 목표는 심장 소리를 확인하는 것에 맞추어졌다. 30분 동안 갈비뼈 하나하나를 훑고 또 훑었다. 마침내 하얗게 반짝이며 팔딱팔딱 뛰는 작은 심장이 뚜렷이 모니터에 나타나면서, 동시에 그 심장이 힘차게 콩콩 뛰는 소리가 스피커를 통해 흘러나왔다! 살아 있는 코끼리 태아의 존재를 확인하는 순간이었다.

만약 몇 달 일찍 검사했다면 아직 태아가 아래쪽으로 충분히 내려오지 않아 초음파 장비로도 확인하기 어려웠을 것이다. 반대로 몇 달 늦게 검사했다면 태아가 너무 커져서 피부가 두꺼워 역시 확인하기 어려웠을 것이다. 딱 적당한 시기에 검사한 덕분에 태아의 갈비뼈를 생생하게 잡아낼 수 있었으니 운이 무척 좋았던 셈이다.

쏘이에 이어서 봉을 검사할 때는 훨씬 빨리 태아를 찾아낼 수 있었다. 분만일은 코끼리들이 교미한 시기, 태아의 크기, 어미의 젖이 불은 정도 등을 감안해 2010년 봄으로 예상되었다.

「TV 동물농장」의 카메라는 이 모든 과정을 빠짐없이 담았다. 이 방송은 11월 22일에 전파를 탔다. 주요 일간지에도 기사가 실렸다. 우리나라의 주요 도시 중 가장 오랫동안 코끼리가 없었던 도시 광주에서 이제는 새끼가 두 마리나 태어나게 된다는 소식은 광주 시민들에게 큰 화제가 되었다. 광주 시장이 직접 우치동물원을 찾아와 코끼리 순산을 당부하기도 했다.

본격적으로 귀하신 몸이 된 쏘이와 봉은 코끼리 타기 체험에서도 제외되었다. 조련사들의 지시에 따라 약간의 운동을 하는 것을 제외하고는 하루 종일 휴식을 취했다. 태아에게 영양소를 뺏겨 어미가 약해질 위험이 있기 때문에 비타민과 미네랄이 함유된 특수 사료도 먹였다. 영양제 주사도 놓아주었다. 그렇게 코끼리의 탄생일이 하루하루 다가왔다.

10. 새끼 코끼리의 탄생,
그 환희의 순간

코끼리의 임신을 진단한 후 7개월이 흘러 2010년 5월. 이미 지난 3월부터 우치동물원은 분만 대기 상태에 들어가 있었다. 문제는 코끼리 출산에 관한 한 초보들만 모여 있다는 것이었다. 임신에 대해서는 자신 있게 확신을 하던 우왓도 출산 자체는 경험해본 적이 없다고 했다. 나는 외국에서 만든 코끼리 출산 비디오와 관련 도서를 참고해 출산 시나리오를 만들었다. 이 시나리오에 따라 조련사들과 함께 만반의 준비를 해두었다. 분만 증세가 나타나기만 하면 곧바로 쏘이와 봉이를 출산실로 옮길 준비를 마쳤다. 그사이 두 코끼리의 젖은 더욱 불어났고 배는 더욱 아래로 처졌다.

그런데 새끼들은 눈치가 없는 건지 약을 올리는 건지, 분만 예정일을 몇 달이나 넘기고도 여전히 나올 생각을 하지 않았다. 어쩌면 동물원 환경으로 인해 임신 기간이 길어졌을 수도 있다. 사방으로 개방된 공간에서 낯선 사람들과 끊임없이 접하다 보면 예민한 동물은 스트레스를 받기 마련이다. 몸집이 큰 동물들은 주위 환경이 불안정할 때는 출산 시기를 조절해 분만 자체를 미루는 현상을 보이기도 한다. 그래도 이 정도까지 길어지는 경우는 드물었다. 확실히 코끼리가 특별한 동물이구나 싶었다. 걱정은 되었지만 그렇다고 코끼리용 분만 촉진제가 따로 있는 것도 아니라서 그저 쏘이와 봉만 믿고 기다리는 수밖에 없었다.

초조한 나날이 이어지던 5월 말의 어느 날, 쏘이가 식욕 부진 증세를 보였다. 귀 뒤쪽의 체온도 뚝 떨어졌다. 출산 징후가 아닌가 싶었지만 조련사들의 판단은 농약 중독이었다. 저수지 근처에서 베어온 풀이 농약에 오염되어 있어 탈이 난 것 같다고 했다. 쏘이는 농약 중독에 효과가 있는 아트로핀 주사만 맞고 그날을 넘겼다. 하지만 며칠이 지나도록 쏘이의 증세는 그다지 호전되지 않았다. 조련사들은 아예 쏘이와 봉의 방 옆 복도에 잠자리를 만들어놓고 돌아가면서 밤새 지켜보았다.

하지만 이것은 농약 중독이 아니라 출산 징후가 맞았다. 며칠 후 아침에 보니 쏘이 곁에 떡하니 새끼가 나와 있었다! 관련 자료에 나와 있는 내용과는 달리 별다른 증상도 보이지 않다가 새벽에 조용히 새끼를 낳은 것이다. 봉이 가슴도 훨씬 더 많이 나오고 배도 더 불렀기에 쏘이보다 먼저 새끼를 낳을 거라는 예상도 빗나간 결과였다. 사람 중에도 순산 체질이 있고 난산 체질이 있다고 하던데 쏘이는 쑥쑥 새끼를 낳는 복 받은 체질이었나 보다. 출산 장면을 직접 보지 못한 것은 아쉬웠지만, 새끼가 건강하게 나온 것만으로도 나는 환희에 들떴다. 우리는 곧바로 새끼와 어미가 몸을 잘 추스를 수 있도록 움직이기 시작했다.

다른 것은 손발이 척척 맞았는데, 쏘이가 수유를 거부해 새끼가 바로 어미젖을 빨지 못하는 바람에 나와 조련사들 사이에 약간의 갈등이 생겼다. 나는 새끼를 계속 굶길 수 없으니 영양제라도 주사해야 한다고 주장했지만 조련사들은 자기네 나라에서는 새끼에게 주사를 놓지 않는다며 그냥 두라고 했다. 웬만한 일이면 조련사들의 판단을 믿고 맡겨두겠지만 이번만큼은 그럴 수가 없었다. 귀한 새끼 코끼리의 생사가 달린 문제가 아닌가. 나는 기어이 새끼에게 영양제와 항생제를 주사했다. 조련사들은 주사를 놓은 자리가 부었다며 못내 마뜩찮은 표정이었다. 다행히 사나흘 만에 새끼는 무사히 어미젖을 빨기 시작했다.

새끼 코끼리의 탄생은 말로 다 표현할 수 없을 정도로 기쁜 일이었지만 코끼리 출산 장면을 바로 눈앞에서 관찰할 기회를 놓친 것이 못내 아쉬웠다. 출산 직전 CCTV를 설치해 모든 과정을 녹화해두려던 계획도 수포로 돌아갔다. 두 번째 기회까지 놓칠 수는 없기에 부랴부랴 봉의 출산 준비에 들어갔다. 봉의 몸 상태를 수시로 관찰했고 내실에는 CCTV를 달았다. 「TV 동물농장」에서도 촬영하러 오기로 했다.

쏘이가 출산한 지 약 일주일 만인 6월 11일, 이번에는 봉의 차례가 되었다. 다행히 봉의 출산 때에는 처음부터 끝까지 지켜볼 수 있었다. 코끼리의 위대한 출산 과정은 이렇게 진행되었다.

6월 2일 아침. 봉이 안절부절못하며 앉았다 일어섰다를 반복했다. 뿌우우 하고 괴성을 지르기도 했다. 임신으로 처져 있던 엉덩이는 더욱 처져갔다. 오줌에는 회백색의 진한 아교성 물질이 다량으로 섞여 나왔다. 이것은 임신 기간 동안 자궁 입구를 막고 있던 젤라틴 모양 마개 물질. 전형적인 분만 신호였다. 마개 물질이 배출되면 24시간 안에 반드시 새끼가 나온다.

젖이 조금이라도 나온다면 곧 출산이 시작될 것을 확실히 알 수 있었겠지만 퉁퉁 분 젖꼭지를 힘주어 짜 보아도 젖은 전혀 나오지 않았다. 그래도 일단 조용한 내실로 봉을 데려갔다. 그리고 봉의 네 다리를 두 개씩 서로 묶었다. 태국에서는 코끼리가 새끼를 낳을 때 이렇게 한다고 한다. 어미가 흥분한 나머지 새끼를 밟지 않도록 하기 위해서다. 특히 봉같이 초산인 코끼리는 그럴 위험이 크다고 한다.

내실 안에는 봉 혼자만 남았다. 한눈에도 봉은 통증으로 신경이 날카로워져 힘들어 보였다. 하지만 봉을 도울 방법은 없었다. 코끼리는 출산할 때 방해를 받으면 새끼를 잘 돌보지 않을 가능성이 있기 때문에 아무도 내실로 들어가지 않고 CCTV 화면만 바라보았다. 미리 대기하고 있던 「TV 동물농장」 촬영팀과 코끼리월드의 김 회장, 정 이사도 함께 자리를 지켰다.

6월 2일 오후 2시. 봉은 오히려 진통이 잦아들어 잠잠해졌다. 언제 난리를 피웠느냐는 듯 느긋하게 풀까지 먹었다. 한밤중까지 기다리려는 모양이었다. 낮 시간을 피해 밤까지 분만을 미루는 분만 지연 현상도 코끼리의 습성 중 하나이다. 맹수들의 눈을 피해 안전하고 조용한 상태에서 새끼를 낳기 위해서다.

6월 2일 밤 11시. 봉의 진통이 심해져 갔다. 고통이 심하니 앉았다 일어섰다를 반복하며 어쩔 줄 몰라 했다. 숨소리도 거칠어졌다. 이제 분만이 코앞으로 다가왔음이 분명해졌다. 화장실을 갈 때를 제외하고

는 모두가 자리에 앉아 CCTV 화면에서 눈을 떼지 않았다. 식사도 그
자리에서 때웠다.

6월 3일 새벽 3시. 갑자기 봉의 엉덩이 위쪽이 불쑥 튀어나왔다.
안쪽에서 무언가 내려오는 것처럼 엉덩이 위에서부터 아래까지 차례
로 볼록볼록해졌다. 새끼가 산도로 진입한 것이었다. 코끼리는 생식
기관이 복부에 위치해 있어서 태아가 엉덩이 라인을 따라 수직으로
내려오게 된다. 약 5분 후 복부에서 하얀 주머니의 일부가 쑥 빠져나
왔다. 태반이었다. 이제 새끼는 거의 다 나온 것이나 마찬가지였다. 조
련사들은 담요를 들고 내실로 들어가 봉 곁에서 새끼를 기다렸다.

태반은 풍선처럼 부풀어 오르다가 펑 터졌다. 그와 동시에 새끼가
엉덩이부터 쏟아져 나왔다. 코끼리 새끼는 80퍼센트가 이렇게 엉덩이
부터 먼저 나오기 때문에 태아 상태에서 거꾸로 되어 있어도 별 문제
가 없다. 두 번째 진통이 시작되고 채 10분도 안 되어 이 모든 과정이
마무리되었다. 외국의 자료를 보면 코끼리의 태아가 산도에 진입한 후
로 분만까지 세 시간, 길게는 열두 시간이 걸린다고 되어 있던데 봉은
예상을 완전히 뒤엎고 순식간에 새끼를 낳았다.

새끼가 바닥에 떨어지자마자 조련사들이 잽싸게 새끼를 담요에 싸
서 내실 한구석으로 옮겼다. 그리고 새끼의 몸에 남아 있는 분비물을
구석구석 닦아주었다. 태국에서는 어미의 해코지를 막기 위해 이런
식으로 새끼를 일단 격리한다고 한다. 봉은 방금 전 자기 몸에서 새끼
가 나왔는데도 관심을 보이지 않고 소리만 질러댔다. 그사이 조련사들

은 새끼를 들어 밖으로 데리고 나왔다. 아무리 새끼라도 코끼리는 코끼리인지라 장정 여럿이 달라붙어야 했다.

초식동물은 대개 태어나자마자 스스로 벌떡 일어나 걸어 다닐 수 있다. 새끼 코끼리는 갑자기 낯선 세상에 나온 것이 어리둥절한 듯 비틀비틀하는가 싶더니 곧 네 발로 버티고 서서 첫걸음을 뗐다. 몸이 건강하다는 증거였다. 새끼는 어미에 비하면 참 작았다. 키가 70센티미터로 송아지 정도밖에 안 되었다. 물론 송아지보다는 훨씬 통통해서 80킬로그램이나 나간다. 그래서 생김새만 보면 송아지보다는 커다란 돼지에 가깝게 느껴지기도 했다. 코의 길이는 30센티미터 정도로 아직 짧았다. 커다란 회색빛 눈이 참 선량하고 귀여워 보였다.

이제 막 엄마가 된 봉에게는 평소 좋아하는 과일을 많이 주었다. 호박이 산모의 부기를 빼는 데 효과가 있다고 해서 호박도 사다 먹였다. 먹이를 줄 때 외에는 사람의 접근을 막아 봉이 혼자 안정을 취하도록 했다.

6월 3일 오전 8시. 새끼가 나온 지 다섯 시간이 지나자 태반도 완전히 나왔다. 조련사들은 태반이 다 나왔으니 이제 새끼에게 젖을 물려야 한다고 했다. 새끼는 조련사들에게 이끌려 어미 곁으로 바짝 다가갔다. 조련사들은 새끼의 코를 젖혀 입을 어미의 앞다리 사이에 있는 젖꼭지에 맞추어주었다. 그런데 봉은 자기 자식도 못 알아보고 완강히 피하며 거부했다. 코끼리들은 서로 코를 말아 냄새를 맡으며 유대감을 표현하는데 전혀 그럴 기미가 안 보였다. 어미가 그렇게 나오니 새끼도 잔뜩 겁을 먹고 뒷걸음질만 쳤다. 할 수 없이 새끼를 다시 복도로 데리고 나왔다.

태어난 후 계속 아무것도 못 먹은 새끼는 어미젖 대신 사육사의 손가락만 자꾸 빨았다. 배가 고플까 봐 걱정되어 소젖을 짜듯 어미의 젖을 짜서 먹이기로 했다. 대관령 목장에서 젖 짜기 선수라 불렸던 만큼, 나는 젖을 짜는 것은 자신이 있었다. 대관령에서의 경험을 발휘해 조련사들에게 시범을 보여주었다. 봉의 가슴은 겉보기에는 퉁퉁 부어 있는데도 의외로 젖은 조금밖에 나오지 않았다. 젖꼭지 수도 젖소보다 적었다. 그래도 새끼의 건강에 필수적인 초유인지라 조련사들은 열심히 젖을 짜서 커다란 우유병에 담아 새끼에게 남김없이 다 먹였다. 새끼는 우유병을 쭉쭉 빨고는 더 달라는 듯 입맛을 다셨다.

6월 3일 오전 9시. 다시 젖 물리기를 시도했다. 하지만 봉은 조금 더 부드러워지긴 했어도 젖을 허락하지는 않았다. 실패였다.

6월 3일 오전 10시. 세 번째로 젖 물리기를 시도했다. 또 실패였다. 계속 어미젖을 짜서 먹였다.

6월 3일 오전 11시. 이제는 새끼도 어미 곁으로 가지 않으려고 했다. 조련사들은 내실 한쪽에 울타리를 치고 새끼를 넣어두었다. 어미와 새끼가 가까이에서 서로 냄새를 맡으며 익숙해지게 하기 위해서였다. 그렇게 노력한 덕분인지 네 번째 시도 끝에 겨우 새끼는 어미젖을 빨기 시작했다. 봉은 그제야 새끼가 익숙해졌는지 피하지 않고 가만히 서 있었다. 이때부터 모성 본능을 발휘하기 시작한 봉은 새끼를 끔찍이 사랑하는 진짜 엄마가 되었다. 정말 보기 좋은 그림이었다. 출산 후 가장 큰 고비를 넘기는 벅찬 순간이었다. 어미젖은 소화도 잘되고 영양분이 골고루 들어 있는 데다 면역 항체도 포함되어 있어서 어미젖을 먹으며 자란 새끼는 생존율이 90퍼센트가 넘는다. 코끼리 출산이 완벽한 성공을 거두었음이 분명해졌다!

쏘이의 새끼는 수컷, 봉의 새끼는 암컷이었다. 어미는 달라도 아비가 같으니 이복 남매인 셈이다. 며칠 후 조련사들은 새끼 코끼리들의 다리에 무명실을 감고 온몸에 물을 뿌려주었다. 동남아시아에서 코끼리가 태어나면 하는 의식으로, 무명실은 우리나라의 돌상에서와 마찬가지로 장수를 뜻한다.

새끼들의 몸무게도 쟀다. 몸집이 만만치 않아 송아지용 저울을 이용해야 했다. 수컷은 약 100킬로그램, 암컷은 약 90킬로그램으로 몸무게나 덩치는 둘이 엇비슷했다. 하지만 성격에서는 차이가 있었다. 수컷이 더 적극적이고 장난도 거칠었다. 어린 녀석인데도 자기 힘이 사람보다 세다는 사실을 잘 알고 있는 것 같았다. 수컷에 비하면 암컷은 얌전하고 조심스러운 모습을 보였다.

수컷은 '우치', 암컷은 '우리'라고 이름 붙였다. 우치는 당연히 우치동물원에서 따온 이름이고 우리는 '우리 코끼리'에서 따온 이름으로, 합해서 '우리 우치동물원'을 뜻한다. 처음부터 이 이름이 정해져 있었던 것은 아니다. 이 소식을 전하는 언론사와 인터뷰할 때 어느 기자가 코끼리들의 이름이 무어냐고 묻기에 아직 이름을 짓기 전이라 내가 이런 이름이 어떨까 하고 제안했는데 그것이 그대로 이름으로 굳어졌다.

여기에는 내 바람이 담겨 있다. 우리와 우치의 탄생은 내 수의사 인생을 통틀어 가장 희열에 넘친 순간이자 가장 보람찼던 순간이다. 또한 우치동물원 역사상 최대의 자랑거리이기도 하다. 이 보물 같은 녀석들이 앞으로도 영원히 우리 우치동물원에서 죽 살아가기를 염원하는 마음에서 그런 이름을 생각해보았다. 코끼리들이 탄생하는 들뜬 순간에도, 내 마음 한켠에는 계속 이 코끼리들이 임대된 운명이라는 사실이 서글프게 자리잡고 있었던 것 같다. 이름이 마치 주술 같은 효과를 낳아서 우리와 우치가 우리나라에 영원히 터를 잡기를 간절히 바랐다.

그런데 이름에 담긴 희망과는 정반대로 코끼리들의 운명은 우치동물원으로부터 슬금슬금 멀어지고 있었다. 하지만 이 이야기는 조금 뒤로 늦추어야 한다. 이 코끼리들이 이 땅에 준, 또 하나의 아름다운 선물에 관한 이야기가 우치동물원에서 펼쳐지기 때문이다.

6장

장님코끼리만지기
프로그램

1. 시각 장애 아이들이
코끼리를 찾아온 이유

2009년, 따스한 6월의 어느 날 코끼리 우리에서 아주 특별한 행사가
시작되었다. 아이들 여러 명이 조련사들과 나의 안내에 따라 코끼리를
향해 손을 내밀었다. 처음에는 쭈뼛거리던 아이들이 이내 두 손의 모
든 감각을 총동원해 코끼리의 몸을 느끼기 시작했다. 코, 귀, 배, 다리,
꼬리……. 아이들의 입에서 탄성이 터져나왔다. 이 아이들은 앞을 보
지 못하는 시각 장애인들이었다.

　　이 행사의 정식 명칭은 '장님코끼리만지기' 프로그램. 시각 장애
아이들이 직접 코끼리를 손으로 만져본 뒤에 그 느낌을 미술 작품으
로 표현하는 것이다. 이 프로그램을 위해 아이들이 코끼리를 '만지러'

우치동물원을 방문했다. 동물원에서 코끼리들을 직접 만져본 아이들은 학교로 돌아가 그 경험과 느낌을 미술 작품으로 완성해낼 계획이었다.

이 재미난 프로그램은 화가이자 '우리들의눈'의 디렉터인 엄정순 작가가 기획했다. 프로그램의 전 과정에는 엄 작가의 대단한 열정이 담겨 있다. 엄 작가는 독특한 이력의 소유자이다. 우리나라에서 미술을 전공한 뒤, 독일로 유학을 다녀와서는 30대 초반에 미술대학의 교수가 되었다. 누구나 부러워할 법한 화려한 코스이다. 하지만 엄 작가의 인생은 그 이후에 더욱 흥미진진해진다. 대학 교수가 된 지 4년 만에 그 자리를 박차고 나온 것이다.

"늘 그런 질문을 가지고 있었어요. 본다는 것이 과연 뭘까? 대학 교수직보다는 그 질문의 답을 찾는 일에 더 관심이 있었어요."

화가로서 본다는 것에 대해 깊은 의문을 가진 엄 작가가 보이지 않는 사람들을 만나게 되는 것은 어쩌면 자연스러운 인연일지도 모르겠다. 대학 밖으로 나온 엄 작가는 고향 충주에 있는 맹학교인 충주성모학교에 찾아가 자원 봉사자의 자격으로 미술 수업을 시작했다.

맹학교에서 어떻게 미술 수업을 할 수 있을까? 앞이 보이지 않는데 어떻게 미술 작품을 만들 수 있을까? 많은 사람들이 이렇게 의아해할 것이다. 맹학교에서도 사정은 비슷했다. 엄 작가가 처음 수업을 시작했던 18년 전만 해도 맹학교에는 미술 수업이 커리큘럼에는 속해 있기는 했지만, 대부분 미술 전공 교사가 담당하지 않는, 비중 없는 수업이었다. 시각 장애 학생들에게는 안마나 영어를 가르치는 것이 실리적이라 여겨졌고 미술은 꼭 배워야 할 과목으로 인정받지 못했다.

당연히 엄 작가에게는 같이 할 동료 교사도, 참고할 만한 커리큘럼도 없었다. 물감, 붓, 찰흙 같은 미술 재료까지 전부 엄 작가가 사비를 들여 구해야 했다. 시각 장애 아이들의 미술 수업이라고 해서 특별한 도구가 동원된 것은 아니었지만, 가능하면 질 좋은 재료를 구해오려고 애썼다고 한다. 그 자신이 화가인 엄 작가는 질 좋은 미술 재료의 중요성을 잘 알았고, 그것은 아마추어 혹은 장애 아이라고 해서 다르지 않다는 믿음이 있었기 때문이다. 엄 작가는 수업 때마다 아이들 한 명한 명과 많은 대화를 나누며 잠재력을 이끌어내기 위해 노력했다.

어른들의 우려와는 정반대로, 미술 수업에 참여한 아이들의 반응은 기대 이상이었다. 아이들은 난생처음 해보는 미술 작업의 매력에 푹 빠졌다. 다른 어떤 수업에서보다도 더 집중했고 더 많이 웃었다. 아이들이 보인 표현력과 창의성은 놀라웠다. 시각 장애가 있음에도 불구하고, 아니 오히려 시각 장애 덕분에 아이들은 비장애 아이들과는 다른 독창적인 작품들을 만들어냈다.

이 미술 수업의 취지에 공감하는 사람들이 하나둘 모이면서 '우리들의눈'이 정식으로 출범했다. 해마다 정기적으로 전시회를 개최했고, 서울 정독도서관 인근에 같은 이름의 갤러리도 문을 열었다. 다른 맹학교에도 미술 수업이 확대되었다. 엄 작가는 계속해서 새로운 프로젝트들을 구상했다. 장님코끼리만지기 프로그램도 그 일환이었다.

이 프로그램은 이름에서 보듯 불교의 『열반경』에 나오는 맹인모상 [盲人摸象] 우화에서 모티프를 얻었다. 이야기는 이렇다. 옛날에 인도의 어느 왕이 진리에 대해 말하다가 코끼리 한 마리를 데려오라고 명한다. 그러고는 장님 여섯 명을 불러 코끼리를 만지게 한 뒤 그에 대해 말해보라고 한다. 그러자 코끼리의 상아를 만진 이는 코끼리가 무같이 생긴 동물이라고 말한다. 한편 귀를 만진 이는 코끼리가 곡식을 까볼 때 쓰는 키와 같다고 말하고 다리를 만진 이는 코끼리가 마치 커다란 절구공이와 같다고 말한다. 코끼리의 등을 만진 이는 코끼리가 평상과 같다고, 배를 만진 이는 벽과 같다고, 꼬리를 만진 이는 굵은 밧줄과 같다고 이야기한다. 이에 왕이 "코끼리는 하나이거늘, 저 여섯 장님은 제각기 자기가 알고 있는 것만을 코끼리로 알고 있으면서 조금도 부끄러워하지 않는다. 진리를 아는 것도 이와 같으니라."라고 일성한다.

이 우화는 전체를 보지 못하고, 부분적인 진실만이 전부인양 착각하는 것을 경계하는 교훈을 담고 있다. 중요한 교훈이지만, 어떤 면에서 이 우화에는 시각 장애인을 비하하는 시각 또한 담겨 있는 것이 사실이다. 그래서 나 역시 이 프로그램의 이름을 처음 들었을 때 조금 놀랐다. 자칫 학생들이 불쾌해하지는 않을까?

엄 작가 역시 이 표현이 가진 부정적인 뉘앙스를 몰랐을 리 없다. 엄 작가는 아이들에 대한 믿음을 이야기한다.

"타이틀에 대한 지적이 당연히 있었죠. '장님'은 원래 시각 장애인을 비하하는 단어는 아닌데 요즘은 잘 안 쓰는 단어이고 무슨 이유인지는 모르겠으나 시각 장애인이란 요즘의 호칭에 비해 부정적인 이미지가 생긴 것 같습니다. 하지만 우화 속의 장님은 단순히 시각 장애인만을 칭하는 것은 아니고 내면의 눈을 감고 있는 우리 인간들이 갖고 있는 편견의 어리석음을 은유화한 것이라고 생각했어요. 그래서 저는 아이들과 창의적인 작업을 통해서 역으로 그런 편견을 풀어보고 싶었어요. 근원적이고 심오한 메시지를, 미술을 통해 쉽고 재밌게, 통쾌하게 풀어보는 것이 프로그램의 목적이 되었고요."

이 프로그램을 추진할 때 가장 큰 문제는 이름이 아니라 코끼리 섭외였다. 프로그램을 구상하고 나서, 엄 작가는 코끼리가 있는 거의 모든 동물원에 연락을 해서 '코끼리를 만져도 되는지' 문의하기 시작했다. 하지만 동물원의 대답은 모두 "안 돼요.", "위험해요."였다.

아이들이, 그것도 장애 아이들이 코끼리를 만진다니, 동물원으로서는 안전 문제를 우려하지 않을 수 없었을 것이다. 아시아 코끼리는 원래 성질이 온순하고 영리한 종이라 관리만 잘해주면 사람을 해치는 일이 벌어지지는 않는다. 하지만 낯선 사람이 코끼리를 만지는 것은 또 다른 문제다. 설혹 코끼리가 일부러 사람을 해치지는 않더라도, 사람 손길이 불편해 몸을 조금 움직인다는 것이 사람에게 큰 부상을 입힐 수도 있기 때문이다. 게다가 동물원들이 보유한 코끼리들은 대부분 사람을 대하는 훈련을 따로 받은 적이 없고, 조련사도 따로 없어 더욱 안전을 확보하기가 어려웠을 것이다. 그러니 이런 프로그램에 응하기가 꺼려진 것도 당연하다. 흔히 사육사와 조련사는 비슷하다고 여겨지는데 둘은 엄연히 다르다. 서로 겹치는 영역도 있지만 사육사는 동물을 돌보는 것에, 조련사는 동물을 훈련시키는 것에 중점을 둔다.

내가 그 문의 전화를 받은 것은 엄 작가가 다른 동물원들에서 번번이 거절당하고 거의 프로그램을 포기할 무렵이었다. 전화기를 통해 들려오는 엄 작가의 목소리에서 절박함이 느껴졌다. 하지만 저간의 사정을 몰랐던 당시에는 그 이유를 잘 알지 못했고 다만 프로그램에 호기심이 일었다. 그래서 두 번도 생각하지 않고 선선히 대답했다.

"뭐 어렵겠어요. 지금도 등에 타고, 먹이 주기도 하고, 간단히 만지는 것이 가능한데요. 그냥 정상적으로 요금 내시고 타고 만지시면 되겠네요."

내 대답에 엄 작가가 놀라서 몇 번이고 다시 확인했던 것이 기억난다. 나는 걱정하지 말고 아이들을 데리고 오라고 거듭 이야기해주었다. 이런 뜻깊은 프로그램에 함께한다면 우치동물원으로서는 오히려 영광이라고 생각했다.

원래 방송이나 광고와 관련해 코끼리들 섭외는 코끼리월드가 결정해야 할 부분이었다. 그런데도 내가 먼저 그렇게 답한 것은 우리 코끼리들의 특성을 잘 알기 때문이었다. 우리 코끼리들은 공연이나 코끼리 타기 체험을 늘 하고 있었기 때문에 평소 낯선 사람을 대하는 것이 익숙하고, 조련사들의 지시에도 잘 따랐다. 나중에 확인하니 역시나 정 이사는 시원스레 허락해주었다.

"평상시에 코끼리 타기 체험하던 것처럼 하면 되죠."

정 이사는 조련사 캄텐을 불러 "캄텐, 아이들이 오면 네가 책임지고 잘 안내해줘." 하고 당부하기도 했다. 내 마음이 절로 든든해졌다.

나중에 들으니 우치동물원은 이 프로그램에 거의 유일하게 긍정적인 반응을 보인 동물원이라고 한다. 그 덕분에 나는 영광스럽게도 이 프로그램의 수행에 '혁혁한' 공을 세운 사람이 되었다.

2. 동물도 장애가 있나요

이렇게 해서 인천혜광학교의 시각 장애 아이들 서른세 명이 멀리 광주를 찾아왔다. 엄 작가를 비롯해 선생님 열다섯 분도 함께였다. 우선 아이들이 코끼리와 친해질 수 있도록 코끼리 타기 체험을 시켜주었다. 아이들은 놀이 기구를 탄 것 같다며 신기해했다. 코끼리가 얼마나 커다랗고 힘센 동물인지 조금은 짐작이 되는 눈치였다.

아이들이 한 번씩 코끼리를 타 본 뒤 본격적인 프로그램 진행을 위해 코끼리 우리로 이동했다. 조련사들이 아홉 마리 코끼리 중에서도 가장 성격이 순한 암컷 코끼리 캄피온을 데리고 나왔다. 아이들은 미리 학교에서 코끼리에 대해 공부하고 오긴 했지만 진짜 코끼리를 앞에 두니 겁이 났나 보다. 선뜻 다가오지 못하고 머뭇거렸다. 나는 선생님들과 함께 한 명씩 아이들의 손을 잡고 슬며시 캄피온의 몸에 대주였다. 아이들의 손에서 두려운 마음이 전달되어 왔다. 나는 격려의 말을 섞어가면서 코끼리에 대해 설명을 해주었다.

"자, 여기는 코야. 까끌까끌하지. 코끼리는 코가 굉장히 길어. 손 역할을 한단다."

"여기는 귀야. 얇은 게 느껴지지? 코끼리는 귀로 체온을 조절해."

"꼬리를 만져봐. 끝에 거친 털이 달려 있어. 먼지떨이 같지 않니? 코끼리는 이걸로 모기나 파리를 쫓는단다."

아이들은 차츰차츰 용기를 냈다. 처음에는 손끝에 코끼리가 닿기만 해도 움찔하던 아이들이 나중에는 구석구석 만지며 신기해했다. 나는 설명하랴, 코끼리 신경 쓰랴, 조련사 눈치 보랴 정신이 없었지만 그 와중에도 아이들을 둘러싼 열기에 푹 빠져들었다.

여러 사람의 손길이 동시에 자기 몸을 훑으니 아무래도 캄피온 입장에서는 심기가 불편했을 것이다. 혹시나 캄피온이 거칠게 움직일세라 조련사들은 캄피온을 꽉 붙잡은 채 연신 바나나를 건네며 "아이들을 위해 참아주라. 옳지, 착하지." 하고 코끼리를 달랬다. 아이들의 순수한 마음과 반짝이는 호기심이 캄피온에게까지 전해졌던 것일까? 고맙게도 캄피온은 조금도 소동을 부리지 않고 이 프로그램에 적극 '협조'해주었다.

마지막으로 먹이 주기 체험까지 마친 다음, 아이들은 수의사인 나와 질의응답 시간을 가졌다. 나는 비장애 아이들이나 어른들 앞에서도 여러 번 강연을 해보았는데 질문을 하라고 따로 시간을 주어도 보통은 별로 질문이 나오지 않는다. 이미 책에서 다 보아서 안다는 생각에 수의사에게는 별로 궁금한 게 없나 보다. 하지만 이날은 달랐다. 코끼리를 직접 만진 뒤여서인지 아이들에게서 정말 많은 질문이 쏟아졌다. 그중에서도 유난히 기억에 남는 질문이 있다.

"동물도 장애가 있나요?"

나는 우리 물범 한 마리도 여러분과 똑같이 시각을 잃고 살지만 청각 같은 다른 감각이 더 발달해서 정상 물범과 다름없이 오래 살아가고 있다고 설명했다. 그리고 이렇게 덧붙였다.

"늘 용기를 잃지 않는 게 중요하답니다."

말은 그렇게 하면서도 장애를 직접 겪어보지 않은 내가 감히 할 수 있는 말일까 의심이 들었다. 하지만 아이들에게 꼭 그 말을 해주고 싶었다. 물범 이야기도 사실이다. 아이들의 기분을 좋게 해주고자 지어낸 말이 아니다. 물범뿐만이 아니다. 우치동물원에는 부리가 잘려서 뭉툭한 홍부리황새도 있다. 아마 자연 상태로 두었다면 먹이를 제대로 먹지 못해 죽었을 가능성이 크다. 하지만 담당 사육사가 꼬박꼬박 먹이를 챙겨준 덕분에 이 황새는 무사히 살 수 있었고 언제인가부터는 짧은 부리로도 제법 먹이를 잘 잡아채게 되었다. 나중에는 잘생긴 수컷 황새와 짝을 지어 둥지까지 만들었다.

한 시간을 꽉 채우도록 이어지는 질문 세례를 받으며 나는 함께 신이 났다. 어쩌면 동물을 돌보는 일 외의 다른 일에 서툰 나도 그 아이들과 마찬가지로 장애를 가지고 살고 있다고 생각할 수도 있지 않을까? 아이들이 코끼리에 대해 배운 그날, 나는 아이들에게서 장애란 무엇이고, 함께 살아간다는 것이 무엇인지에 대해 많은 것을 배웠다.

코끼리의 촉감을 마음에 품고 학교로 돌아간 아이들은 근사한 미술 작품들을 만들어냈다. 이 작품들은 우리들의눈 갤러리에서 열린 '장님코끼리만지기 전'을 통해 많은 사람들을 만났고 언론에도 여러 차례 소개되었다.

작품에 대한 내 소감은 놀라움 그 자체이다. 솔직히 프로그램을 진행할 때만 해도, 내 마음속에는 앞을 보지 못하는 아이들이 어떻게 그림을 그리고 조각을 할까 하는 의구심이 남아 있었다. 그런데 한 번 작품을 보고 나니, 그런 의구심이 순식간에 사라졌다. 나 같은 비장애인이 눈으로도 보지 못했던 코끼리의 특징과 개성이 놀랍도록 잘 드러나 있었다. 엄 작가가 늘 자신은 시각 장애 아이들을 도와준 것이 아니라 동등한 예술가로서 함께 작업한 것이라 말하는 이유를 실감했다. 프로그램에 참여했던 한 사람으로서 속으로 눈물도 났다.

'본다는 것이 무엇인지'에 대해 의문을 품었던 엄 작가는 장님코끼리만지기 프로그램을 통해 그 해답을 얻었을까? 전시회 팸플릿에 엄 작가가 적은 글의 일부를 여기 옮겨본다.

시각 장애 학생들과 미술 작업을 하기 전에 매번 잊지 않으려고 노력하는 것이 세 가지 있습니다. 우선, 미술은 오감의 산물이라는 것입니다. 시각은 오감 중의 하나일 뿐입니다. 그래서 미술은 시력에 관계없이 누구나 할 수 있습니다. 두 번째, 시각 장애가 있다고 시각적 표현 욕구도 없는 것은 아니라는 사실입니다. 미술의 측면에서 보면 시각 장애는 장애가 아닙니다. '심안'이란 마음의 눈도 있고, 보이지 않는 것을 보는 눈도 있습니다. 그 눈으로 표현하는 것입니다. 세 번째, 어느 시각 장애인의 말을 떠올립니다. "보이지 않는다고 자꾸 만져보라고만 하지 마세요. 우리도 정확한 정보와 성의 있는 설명만 있으면 다 이해할 수 있어요. 그림까지도요." 예술을 하는 데 있어서 시각 장애는 없습니다. 편견만 있습니다. 누구나 미술을 할 수 있습니다.

안 보여서 더듬기만 할 것 같았던 아이들이 만든 코끼리는 이제껏 세상에 없었던 코끼리들이었습니다. 우리에게 익숙한 코끼리의 외형은 아니지만 '코끼리스러움'을 담고 있는, 창의성으로 가득 찬 작품들이었습니다. 형태에서 자유로워 오히려 코끼리의 본질을 찾아보게 하는 맹아들의 코끼리는 '시각 장애가 시각적 표현을 하는 데 정말 치명적인 결함인가'를 생각하게 할 정도로 '본다', '표현한다'에 대한 일반적인 상식에 다시금 의문을 갖게 만들었습니다.

장님코끼리만지기 프로그램은 그다음 해에도 또 열렸다. 2회 때에는 국립서울맹학교와 강원명진학교의 학생들이 참여했다. 이번에도 역시나 기발한 예술 작품들이 탄생되었고 전시회도 성황리에 개최되

었다. 3회부터는 규모가 더욱 커졌다. 코끼리의 나라, 태국이 무대가
되었다.

3. 치앙마이의
코끼리 힐링 센터를 가다

2012년 7월, 나는 청주맹학교 학생 여덟 명과 엄 작가를 비롯한 프로
그램 관계자들, 그리고 EBS 방송 제작진과 함께 비행기에 몸을 실었
다. 3회째인 이번에는 장님코끼리만지기 프로그램을 태국 치앙마이
에서 진행하게 된 것이다. 코끼리를 만져보고 싶다는 맹학교 학생들
의 열망이 국경을 넘어 태국의 치앙마이까지 도달했다. EBS 제작진은
이 특별한 미술 수업을 촬영해 10부작 다큐멘터리 「학교의 고백」 중
한 편으로 방영할 계획이었다. 우리 코끼리들이 참여하는 것은 아니지
만, 나는 이전에 행사를 치른 경험이 있어 초대받았다. 행사는 태국에
서도 '코끼리 요양원'으로 유명한 치앙마이의 코끼리자연공원(Elephant
Nature Park)에서 치른다고 했다. 이 의미 깊은 곳을 직접 볼 수 있는 좋
은 기회여서 나도 기쁜 마음으로 동행했다.

맹학교 학생들은 모두 비행기를 처음 타 본다고 했다. 아이들에게
는 난생처음 하는 해외여행이라는 점에서도 뜻깊은 날이었다. 비행기
가 이륙하자 아이들은 말을 유난히 많이 하고 여기저기 두리번거리고

자꾸만 질문을 던졌다. 긴장과 흥분에 휩싸였기 때문이리라. 한 아이는 롤러코스터에 탄 것 같다고 말했다. 창밖으로 펼쳐진 구름들, 수채화로 그린 듯한 하늘 풍경을 알려주고 싶은데 말솜씨가 부족해 다 표현해내지 못하는 것이 안타까웠다.

다섯 시간의 비행 끝에 우리는 태국 제2의 도시인 치앙마이에 도착했다. 일단 시내의 작은 호텔에 짐을 풀었는데 나는 5학년 형락이와 한 방을 쓰게 되었다. 맹학교 아이들이라도 어느 정도는 볼 수 있는 약시부터 전혀 볼 수 없는 전맹까지 장애의 정도가 각각 다른데 형락이는 전맹이었다. 나는 형락이를 어떻게 도와야 하나 조금 걱정이 되었다. 하지만 내가 도와줄 것은 많지 않았다. 호텔 방의 불을 켜는 스위치와 욕실 샤워기의 위치를 알려주고 나니, 나머지는 형락이가 스스로 침착하게 다 했다. 내가 도와줄 것은 별달리 없어 보였다. 괜한 걱정이었다. 또 고맙게도 형락이는 나를 불편하게 여기지 않았다. 모처럼의 비행에 지친 몸을 쉬느라 나와 형락이 둘 다 일찍 잠들었다.

다음 날 아침 일찍부터 다 같이 버스를 타고 코끼리자연공원으로 향했다. 지상 최대의 코끼리 힐링 센터로 꼽히는 이곳은 태국의 코끼리 보호 운동가 '쿤 렉'이 1996년에 설립한 곳이다. 사람들에게 이용당하며 고통받는 코끼리들을 보다 못해 만들었다고 한다. 쿤 렉은 동남아 어디든 병들고 지친 코끼리가 있다는 소문을 들으면 직접 가서 사다가 이곳에 풀어놓고 돌보아왔다.

창밖으로 보이는 공원 풍경은 아늑하고 평화로웠다. 도착해서 자세히 살펴보니 물가에 있는 넓은 초원에 서른여섯 마리의 크고 작은 코끼리가 사육 반 방목 반 형태로 돌봄을 받고 있었다. 눈 먼 코끼리, 다리 하나를 못 쓰는 코끼리, 척추가 휜 코끼리, 이제 갓 세상에 나온 아기 코끼리도 있었다. 다친 코끼리들은 만약 치열한 생존 현장에 있었다면 그대로 도태되고 말았을 것이다. 하지만 여기선 어떤 코끼리든 극진한 대접을 받고 있었다.

이곳의 운영비는 따로 후원을 받기도 하지만, 대부분 의미 있는 체험을 원하는 젊은 외국 자원봉사자들의 공정 여행비에서 나온다. 이들은 100만 원 정도의 숙식비를 내어놓고 2주 동안 공원 내의 시설에 머물면서 하루 종일 오직 코끼리들을 위해 일한다. 코끼리와의 지속적인 스킨십을 통해 인내와 청빈, 자연에 대한 사랑을 배우는 것이다. 할리우드의 유명 배우 안젤리나 졸리도 이곳에서 봉사 활동을 하고 간 적이 있다고 한다. 둘러보니 자원봉사자들은 유럽과 미국 출신이 대부분이었다. 우리나라에는 아직 알려지지 않아서인지 우리나라 사람은 전혀 없었다. 요즘 우리 젊은이들도 공정 여행이나 해외 봉사에 관심이 많다고 하는데, 이 코끼리자연공원에도 관심을 가져주면 좋겠다는 생각을 했다.

우리가 도착하니 쿤 렉이 직접 우리에게 인사를 하러 나왔다. 환영한다는 말과 함께 이곳에서 좋은 경험을 하고 가길 바란다고 말했다. 체구는 작지만 온몸에서 단단한 기운이 느껴졌다. 빈틈이 없어 보인다고 할까. 심지가 굳은 사람이기에 이 넓은 공원을 꾸려갈 수 있으리라.

태국 치앙마이에서 열린 장님코끼리만지기 프로그램 모습.

공원을 두루 둘러본 뒤에, 본격적으로 프로그램 실행에 들어갔다. 이곳에 온 사람은 누구든 코끼리 목욕 시간에만 코끼리와의 접촉이 허용되기에 우리도 이 시간을 이용해야 했다. 시간이 많지 않아 아이들은 코, 몸통, 다리 같은 주요 부위만 조금씩 만질 수 있었다. 우치동물원에서만큼 자유롭지는 않았지만, 그래도 아이들에게는 특별한 경험이었을 것이다.

코끼리를 만지고 나서 곧바로 아이들은 가까이 있는 야외 작업실에서 자신이 느낀 코끼리의 모습을 찰흙으로 표현하기 시작했다. 학생들의 작품을 여러 번 보긴 했지만 이렇게 작품이 만들어지는 현장을 보기는 처음이었다. 실제로 보니 아이들의 집중력과 속도가 놀라웠다. 자기만의 예술 세계에 몰두하고 있는 것 같았다.

은근슬쩍 나도 아이들 옆에 앉아 찰흙을 주물렀다. 초등학교를 졸업한 이후 처음 찰흙을 만져보았다. 언젠가 한번은 꼭 찰흙이나 나무 조각으로 동물 작품 만드는 것을 시도해보고 싶었는데 이 먼 태국에서 기회가 온 것이다. 아이들은 느낌대로 만들겠지만 난 수의사답게 조금 과학적으로 만들 참이었다. 이렇게 내 손으로 직접 동물을 직접 형상화하다 보면 동물의 몰랐던 숨은 모습을 많이 발견하게 된다. 그래서 수의과 대학의 해부학 시간에는 마치 미술 수업처럼 끊임없이 뼈나 장기를 그리거나 조립하게 한다. 그동안 코끼리 눈 위치를 정확히 몰랐는데 코끼리를 빚으면서 제대로 알게 되었다. 코끼리 한 마리를

만들고 났는데도 찰흙이 남아서 개
도 한 마리 더 만들었다. 주변 분들
이 보고 제법 잘 만들었다고 칭찬
하기에 난간 위에 슬쩍 올려놓았다.
여기 자원봉사자들도 나중에 이렇
게 한번 만들어보면 코끼리에 대해
더 많이 알게 될 거라는 은근한 메
시지도 주고 싶었는데, 그런 마음이
잘 전달되기는 힘들었을 테다.

치앙마이에서 내 손으로 빚은 코끼리. 우치동물
원의 코끼리들을 떠올리며 빚었다.

　내 장난스러운 소품에 이어 아이들의 작품들이 하나둘씩 완성되
어 나오기 시작했다. 약시인 아이들은 코끼리와 거의 비슷한 작품을
만들어냈다. 잘 보이지 않는 아이들일수록 작품이 코끼리의 어느 한
부분을 강조한 추상적인 형상을 띠었다. 코가 아주 긴 코끼리, 다리가
유난히 굵은 코끼리, 머리가 크고 다리는 문어발 같은 코끼리, 얼굴 없
이 몸통과 다리만 덩그러니 있는 코끼리……. 놀라운 것은 작품들이
꽤 역동적이라는 점이었다. 우리는 작품을 만들 때 코끼리를 마치 하
나의 정물처럼 다룬다. 즉 마치 코끼리가 모델처럼 포즈를 취한 듯, 가
만히 있는 정적인 작품을 주로 만드는데 이 아이들은 보고 듣고 만져
본 것을 종합하여 그야말로 살아 숨 쉬는 듯한 코끼리를 창조해낸 것
이다!

　또 장님코끼리만지기 우화 속의 장님들과 달리, 아이들이 만든 작

품에는 코끼리의 특징이 제대로 담겨 있었다. 사람들은 누구나 손으로 만지는 대상에 대해 알고자 하는 욕구가 강하다. 더구나 시각 장애가 있다면 그 욕구가 더 크지 않을까, 그러니 어떤 장님이든 단순히 한 부분만 만지고서 전체를 상상하지는 않았으리라. 이 우화야말로, 시각 장애인에 대해서 잘 모르는 사람이 만들어낸 것 같다는 생각이 번뜩 들었다. 이런 작품들이 빛을 보게 하는 것이 이 프로그램의 궁극적인 목표가 아닐까.

작품에 대한 심사도 즉석에서 진행되었다. 우리 일행 중 평소 아이들을 지도해온 선생님들을 제외하고 EBS 제작진 등 다섯 명의 어른이 심사위원으로 뽑혔다. 영광스럽게도 나도 여기 포함되었다. 나는 모든 작품을 하나하나 찬찬히 살펴보았다. 정말이지 작품들이 하나같이 훌륭해서 어느 것을 뽑아야 할지 난감했다. 다섯 명의 심사위원이 고심 끝에 대상으로 뽑은 것은 얼굴만 커다란 코끼리가 바나나를 물고 있는 작품이었다. 가장 독창적이면서도 코끼리의 특성을 잘 담았다는 것이 선정 이유였다. 이 대상 작품도 지난 프로그램 때와 마찬가지로 대형 작품으로 제작될 거라고 했다. 이렇게 작은 작품이 커다란 작품으로 재탄생하는 과정 역시 아이들에게 좋은 경험이 될 것이다. 예술가의 아이디어에 또 한 번 탄복했다.

나는 마음속으로 또 하나의 대상을 뽑았다. 진흙 목욕을 하려고 누워 있는 코끼리를 묘사한 작품이었다. 이 작품을 만든 아이는 코끼리는 누운 채 진흙 목욕을 하곤 한다는, 스치듯 지나가는 이야기를 들고 상상력을 동원해 그 모습을 형상화한 것이다. 이 작품은 내게 신비스럽다는 느낌을 불러일으켰다. 이런 상상력이라면 코끼리의 먼 조상 격인 매머드까지도 거뜬히 묘사해낼 수 있지 않을까.

현장에서 짧게나마 작품 전시회도 열었다. 작품을 죽 늘어놓으니, 외국인 자원봉사자들이 하나둘씩 다가와 작품을 살펴보았다. 한참 동안 눈을 못 떼고 쳐다보는 사람도 있었다. 시각 장애 아이들이 만들었다는 설명에 다들 놀라는 표정을 지었다. 내가 다 뿌듯한 마음이 들었다. 소수의 사람들의 열망과 노력으로 시작된 프로그램이 어느덧 국제적인 프로그램으로 변모되어가고 있었다. 선한 목적은 비록 시간은 오래 걸리지만 언젠가는 통하게 되는 것 같다.

현장에서의 짧은 전시가 끝난 후 프로그램 관계자들이 모두 달라붙어 작품들을 조금씩 여러 조각으로 정밀하게 분해해서 상자에 넣었다. 사람들은 상자를 하나씩 들고 비행기에 오를 것이다. 마치 '인간 개미'들을 이용한 완벽한 이송 작전이라도 짠 느낌이었다. 이 작품들은 서울에 도착한 뒤 다시 완벽한 작품으로 재조립되고 다듬어져 우리들의눈 갤러리에 전시되어 많은 사람을 만나게 될 것이다.

늘 눈앞에서 코끼리를 보며 지냈지만, 코끼리는 내게 언제나 현실의 동물이라기보다는 마치 실재하지 않는 산이자, 자연 그 자체로 보인다. 코끼리는 눈보다 마음으로 더 잘 보이는 동물이다. 맹아들은 사흘 동안 코끼리를 느끼고 만지면서 마음으로 무엇을 보았을까? 아이들은 나보다 훨씬 더 선명한 코끼리를 보았을 것이다.

4. 동물을 사랑하는 방법에 대하여

행사가 끝난 뒤에도 우리는 공원에 머물면서 코끼리들과 함께했다. 아이들은 코끼리에게 직접 먹이도 주고 목욕도 시켜주면서 온몸으로 코끼리를 체험했다. 그러는 동안 나는 마치 탐정이라도 된 듯 공원을 꼼꼼히 관찰해보았다. 동물을 돌보는 방법이나 원칙에서 참고할 만한 점이 없을지 찾아보고 싶었다.

확실히 코끼리자연공원은 모든 것이 코끼리의 복지를 위해 돌아가고 있었다. 코끼리마다 담당자가 한 명씩 붙어 있었고, 먹이도 다양하고 풍부했다. 무엇보다 세상 어느 코끼리보다 과일을 넉넉히 먹는 점이 인상적이었다. 힐링 센터라는 별명이 어색하지 않았다. 그런데 여기서 극진한 보살핌을 받은 뒤, 다 나은 코끼리는 어떻게 되는 걸까? 나는 건강해진 코끼리들의 미래에 대해 궁금증이 일었다.

미래에 대해서는 이 공원에서도 뾰족한 계획이 없어 보였다. 지금 이 공원에도 사실 아픈 코끼리보다 건강한 코끼리가 더 많았다. 동물원에서 비해서는 넓지만, 코끼리에게는 여전히 좁을 수밖에 없는 공원 안에서 이 덩치 큰 동물들은 무료해지자 괜히 심통을 부리거나 트럭에 힘자랑을 하는 모습이 간간히 보였다. 궁극적으로는 이런 코끼리들을 더 넓은 곳, 스스로 당당히 살아갈 수 있는 야생으로 보내야 하지 않을까? 정상적인 코끼리들의 미래를 준비하지 않는다면, 코끼리 힐링 센터는 그저 인간의 힐링 센터가 될 우려도 있다. 그런 상황까지 가지 않더라도, 지금과 같은 방식으로 언제까지 지낼 수 있을지도 걱정스러웠다. 태국같이 원래부터 코끼리가 살던 나라라면 코끼리들이 야생으로 가서 사람의 도움 없이도 살아갈 수 있어야 한다. 물론 태국이라 해도 야생이 파괴되고 있는 상황에서 코끼리를 내보내겠다는 결정을 내리기는 쉽지 않을 것이다. 하지만 불우한 코끼리들을 좀 더 많이 구하기 위해서라도 태국에서 야생 코끼리 생태계를 복원하려는 노력을 하면 좋겠다.

아픈 코끼리의 복지에 있어서도 여러 가지 문제들이 눈에 띄었다. 코끼리의 복지를 생각한다면 무엇보다 집중 의료 시설이 잘 갖추어져 있어야 할 텐데, 이 공원에는 정식으로 고용된 수의사가 없어 보였다. 일시적인 자원봉사자 수의사는 있었지만 그것만으로는 태부족일 것이다. 의료 장비도 상처를 소독하고 코끼리 발톱을 다듬는 수준 이상으로 있어 보이지 않았다. 쿤 렉의 뜻은 너무나 아름답고 그 경영 수완도 탁월하지만, 의료를 전담할 사람이 부족한 것은 안타까웠다.

사실 이런 현상은 비단 이 공원뿐만 아니라 우리나라의 민간 보호 시설이나 수족관, 사설 동물원은 물론 민간이 운영하는 세계 도처의 동물 보호 시설에서도 공통적인 현상이다. 하지만 이곳은 코끼리 힐링 센터로 명성이 있는 곳인 만큼 더 아쉬운 마음이 들었다.

그저 동물을 사랑하는 따뜻한 마음만 있으면 다 될 것이라는 태도, 동물이 아프면 하루 종일 옆에서 지켜주며 눈물 흘리고 바라보는 것으로 아픈 동물들에게 치유의 기적을 바라는 것은 의도와 달리 자칫 동물 학대의 다른 형태가 될 수 있다. 동물에게 정성을 다한다는 것은 잘 돌봐주는 것뿐만 아니라 끊임없이 공부하고 연구하는 것까지 포함한다. 내가 머무는 동안, 어미가 낳자마자 밟아서 진흙 속에 버려진 새끼 코끼리와 그 매정한 어미의 경우를 관찰할 수 있었다. 사람들은 하루 종일 그 새끼 코끼리에게 우유를 먹이려고 시도하고, 닦아주고 부채질해주고 있었다. 하지만 새끼 코끼리에게 함부로 인공 분유를 먹여서는 안 되고 어떻게든 빨리 어미젖을 짜서 먹여야 한다. 그리고 지속적으로 어미에게 새끼를 접근시켜 젖 붙임을 해야 한다. 하지만 누구도 그런 사실을 잘 알지 못하는 것 같았다. 그래서인지 태어난 지 일주일 된 새끼 코끼리는 기운이 없어 입술마저 축 늘어져 있었다. 코끼리 육아 자료를 열심히 찾아보았다면 코끼리에게 소의 분유를 먹였을 때는 실패할 확률이 굉장히 높다는 걸 알았을 텐데. 가서 알려주고 싶었지만 나는 자원봉사자도 아닌 외부인의 신분이라 함부로 제지할 수가 없었다. 정보가 부족해서 갸륵한 정성이 빛을 보지 못하는 모습이 너무나 안타까웠다.

잠깐 방문한 곳에 대해 내 짧은 소견으로 함부로 말할 수 없다는 사실을 잘 안다. 공원 운영에 어떤 속사정이 있는지, 눈에 보이지 않는 어떤 중요한 운영 철학이 있는지 잘 모르면서 비판적인 이야기를 꺼내는 것이 조심스럽다. 하지만 세계의 주목을 받는 공원 역시 여러 가지 보완할 점이 많다는 것을 직접 확인하는 과정은 그만큼 좋은 환경을 갖추고 있지 못한 우리 동물원을 되돌아보고 수의사의 역할, 동물의 미래에 대해 자문해보는 좋은 기회가 되었다.

동물에 관한 것이라면 지적하고 따지는 버릇 때문에 여러 가지 생각을 했지만, 나는 코끼리자연공원에 감사한 마음을 가지고 있다. 장님코끼리만지기 프로그램을 받아준 것도 고맙고, 다치거나 병든 코끼리들을 구하기 위해 애쓰고 있는 것도 고맙다.

우리가 태국에 머무는 동안의 이야기들은 함께 떠났던 EBS 방송팀이 이후 다큐멘터리로 완성했다. 그리고 EBS 교육 대기획 10부작 「학교의 고백」 제8부에 담겨 전파를 탔다. 꼭 한 번쯤 보시길 권한다.

태국에서의 경험은 아이들에게도 잊지 못할 추억이 되었으리라 생각한다. 하지만 아이들이 태국까지 가게 된 사정에는 슬픈 이야기가 있다. 우치동물원 코끼리들에게 닥친, 내가 결코 원하지 않았던 사건 때문이었다.

7장

떠나는 코끼리,
남는 코끼리

1. 쉽게 풀리지 않는
코끼리 매각 협상

코끼리들이 서울에서 광주로 이사 온 뒤, 코끼리월드의 가장 중요한
업무는 물론 코끼리들을 잘 보살피는 것이었다. 하지만 그만큼 중요한
업무가 하나 더 있었다. 바로 코끼리들을 매각하는 것이었다.

앞서 설명했듯, 우치동물원과 코끼리월드가 체결한 코끼리 임대
계약서에는 코끼리월드의 의사에 따라 언제든 계약을 종료할 수 있다
는 조항이 있었다. 코끼리월드가 굳이 이런 조항을 둔 이유는 우치동
물원에 일단 코끼리들이 머물 곳을 마련하되, 여기서 지내는 동안 코
끼리 매각 협상을 진행하기 위해서였다. 코끼리들을 사겠다는 동물원
이 나타났는데 우치동물원이 계약 기간을 이유로 코끼리들을 내주지

않으면 곤란해질 테니 이런 조항을 넣은 것이다. 그것은 또한 우치동물원에 올 때부터 코끼리월드에서 코끼리 매각을 염두에 두고 있었다는 뜻이기도 하다. 사실 코끼리월드로서는 코끼리들이 우치동물원에 머무는 기간이 짧으면 짧을수록 좋았다. 여기 있는 동안은 공연을 할 수가 없어서, 머무는 기간이 길어질수록 적자 폭이 커질 수밖에 없는 구조였기 때문이다. 코끼리 타기 체험과 먹이 주기 체험을 통해서 부수입을 얻기는 했지만, 이 정도로는 코끼리의 식비를 감당하기에도 턱없이 부족했다.

그런데도 코끼리들이 이만큼 잘 지낼 수 있었던 것은, 코끼리월드에서 코끼리들에 대한 애착과 자부심이 남달랐던 덕분이다. 코끼리월드는 이런 귀한 동물들을 우리나라에 들여와 건강하게 잘 돌보고 더구나 새끼까지 두 마리나 무사히 낳았다는 데에 큰 자부심을 갖고 있었다. 그래서 적자에도 불구하고 여전히 코끼리 먹이를 최상으로 유지하고 조련사 수도 그대로 유지해왔다. 물론 여기에는 매각할 때 코끼리 값을 제대로 받기 위한 목적도 있었다. 하지만 오직 그것뿐이었다면 코끼리들이 이만큼 잘 정착하지는 못했을 것이다. 나도, 코끼리월드도 코끼리들을 돌보는 동안 돈으로는 환산할 수 없는 자부심과 보람과 애정을 쌓아갔다. 그래서 코끼리월드에서는 코끼리들을 멀리 보내지 않고 어떻게든 국내의 동물원에 팔기를 바랐다. 때때로 김 회장은 '정' 때문에 코끼리들을 곁에 두고 싶다는 마음을 내게도 전해왔다.

"정도 들고 했는데, 코끼리들이 한국에 있으면 나도 좋지. 가끔 찾아가서 볼 수도 있으니까."

그것은 바로 나의 간절한 바람이기도 했다.

우치동물원이 통 크게 '이 코끼리들을 모두 사겠으니 영원히 이곳에 두시오!' 하고 나설 수 있다면 얼마나 좋을까. 하지만 이건 나의 상상 속에서나 가능한 일이었다. 다 큰 코끼리 한 마리의 값은 약 2억 원 정도이다. 코끼리 없는 동물원을 계속 두고 볼 수 없다는 여론에 힘입어 어찌어찌 코끼리 임대에는 성공할 수 있었지만, 새끼까지 무려 열한 마리나 되는 코끼리들을 전부 살 수 있는 예산을 확보하기란 애초에 무리였다. 이별은 피할 수 없었다. 다만 나는 그날이 아주 천천히, 늦게 오기만을 바랐다.

다행인지 불행인지 코끼리 매각 협상은 그다지 잘 풀리지 않았다. 국내 동물원들은 공공이든 민간이든 모두 예산이 빠듯한 형편이다. 코끼리 임대도 감당하기 힘든 동물원이 많은 상황에서 선뜻 코끼리를 사겠다고 나서는 곳을 찾기란 쉽지 않았다. 코끼리월드가 가장 희망을 걸고 있던 곳은 우리나라에서 제일 큰 서울대공원이었다. 그나마 예산이 가장 여유 있는 곳이기 때문에 적극적으로 의사를 타진했다. 하지만 그마저도 실패로 돌아갔다. 서울대공원으로서도 역시 무리인 듯했다.

그러던 차에 서울대공원 대신 코끼리들을 사겠다고 나선 곳이 있었다. 부산의 더파크였다. 문제는 당시 더파크가 동물원인 것도 아니고, 그렇다고 동물원이 아닌 것도 아닌 애매한 상태였다는 것이다.

더파크는 원래 부산에 있던 성지곡동물원이 문을 닫은 뒤에 2014년 4월에 생긴 동물원이다. 하지만 이때만 해도 더파크는 한창 공사 중이었다.

당시 부산에는 개장 준비 중인 더파크 외에는 동물원이 없는 상태였다. 우리나라 제2의 도시이자 제1의 항구인 부산에 동물원이 하나도 없다는 것이 조금 이상하게 느껴질 법하다. 사실 부산에는 원래 성지곡동물원과 함께 동래동물원이 있었다. 역사로 치면 동래동물원이 먼저이다. 1967년에 부산시 동래구에 위치한 금강공원 안에 문을 열었다. 정식 명칭은 동래금강동물원. 부산 최초의 동물원이자 우리나라 최초의 민간 동물원이기도 했다. 규모는 그렇게 크지 않았지만 그래도 호랑이, 낙타, 원숭이 등 웬만한 동물은 보유하고 있었고 무려 코끼리도 있었다. 동래동물원은 부산을 비롯해 경남권에서 큰 인기를 끌었다.

동래동물원에 뒤이어 1982년에는 부산의 금정산 기슭에 성지곡동물원이 생겨났다. 역시 민간 동물원이었다. 동래동물원보다 규모는 작았지만 부산어린이대공원을 끼고 있어 가족 단위의 관람객이 많이 찾았다. 광주 시민인 내게 우치동물원의 전신인 사직동물원이 어린 시절 추억의 장소로 남아 있듯 동래동물원과 성지곡동물원은 부산에서 유년을 보낸 사람들에게 추억의 장소였다.

하지만 1990년대 들어 다른 볼거리가 많아지면서 동물원을 찾는 발걸음은 점점 뜸해졌다. 동래동물원은 경영난을 이기지 못하고 2001

년 11월에 임시 휴업에 들어갔다가 2002년 1월에 문을 닫았고, 성지곡동물원은 2005년 10월에 영업을 종료했다. 그나마 성지곡동물원은 완전히 폐쇄한 것이 아니라 수년의 준비 기간을 거쳐 더파크라는 이름으로 재개장할 예정이었다. 더파크는 '국내 최초의 도보형 사파리'를 표방했다. 당시 이미 이에 대한 건축 허가도 받아놓은 상태였다. 특히 더파크의 설계는 뉴욕의 아쿠아리움, 스페인 바르셀로나의 마린동물원 등을 설계한 스페인 출신의 세계적인 건축가 엔릭 주이스 젤리가 맡아 화제가 되었다. 그는 더파크 설명회에 참석해 이렇게 포부를 밝혔다.

"더파크는 상처받은 숲을 치유하고, 하나의 공간에 식물과 동물이 어우러져 생명이 자라나는 곳이 될 것입니다."*

의욕적으로 개장을 준비하는 만큼 더파크는 코끼리 유치에도 적극적이었다. 코끼리월드로서도 거절할 이유가 없었다. 비록 아직 공사를 마친 것은 아니었지만, 코끼리월드는 더파크의 개장에 맞추어 코끼리들을 보내기로 가계약을 맺었다. 계약금도 오갔다. 우치동물원과의 인연도 그렇게 끝나가고 있었다.

지금이야 이렇게 이야기할 수 있지만 사실 이 무렵 나는 코끼리월드가 어느 곳과 매각 협상을 벌이고 있는지 정확히 알지 못했다. 코끼리월드에서는 진행 중인 협상에 대해 철저히 보안을 유지했다. 술자리

* 《부산일보》「"자연과 숲 치유 공간 탈바꿈"」(2009.12.4)

에서 어쩌다 주워 듣는 몇 토막 말로 상황을 어림짐작할 수 있을 뿐이었다. 코끼리들이 더파크로 가게 되었다는 것도 계약이 다 된 다음에야 정 이사를 통해 알 수 있었다.

아쉬운 마음이 없었다면 거짓말일 것이다. 언젠가 결국 떠나게 될 것임을 머리로는 알고 있었는데도 막상 현실로 다가오자 가슴으로는 부정하고 싶기만 했다. 그래도 더파크가 아직 공사 중이니 당장 보내지는 않는다는 것이 그나마 다행스러웠다.

또 내게는 모든 코끼리와 헤어지지는 않아도 된다는 작은 안도감, 우치동물원이 다시 코끼리 없는 동물원 신세로 전락하지 않을 것이라는 확신이 있었다. 코끼리들이 우치동물원에 머물게 된 초기부터 김 회장과 정 이사는 나에게 이렇게 말하곤 했기 때문이다.

"나중에 코끼리들이 다른 동물원에 가더라도 한두 마리 정도는 우치동물원에 팔도록 하지요."

정식으로 계약을 맺은 것은 아니었지만 그래도 나는 이 말을 굳게 믿었다. 내 믿음대로 이 말은 현실이 되었다.

2. 마침내 정식 가족이 된 봉이 모녀

코끼리월드와 더파크가 계약을 한 것은 두 마리 새끼들이 아직 어미

배 속에서 무럭무럭 자라고 있을 때였다. 더파크도 이 사실을 잘 알고 있었다. 갓 개장한 동물원에 새끼 코끼리까지 있다면 더욱 화제가 될 것이라 판단한 더파크에서는 태어날 새끼 두 마리도 모두 데려가겠다는 계획이었다.

우치와 우리가 태어났을 때는 더파크 관계자가 부산에서 광주까지 한달음에 달려오기까지 했다. 더파크 관계자는 코끼리 출산을 촬영하기 위해 머물고 있던 「TV 동물농장」 제작진과 인터뷰도 했다. 새끼들이 더파크 소유라는 것을 어필하려는 생각이었다. 우치동물원에서 방송의 주도권을 쥐고 있는 것을 경계하는 눈치도 보였다. 더파크 관계자들은 이참에 새끼들을 자기네 것으로 확실히 해두고 싶어 했다. 아예 두 달 동안 광주에 머물며 수시로 우치동물원을 찾아 새끼들의 상태를 확인했다.

나는 더파크 관계자의 그런 행동을 나쁘게 생각하지도 않았고, 원망하지도 않았다. 같은 동물원 사람으로서 동병상련의 마음이 있었기 때문이다. 그분들 역시 조금이라도 더 나은 동물원을 만들기 위해 노력하는 것이었고, 그만큼 코끼리에 대한 애정이 컸을 것이다. 더파크 관계자들은 코끼리 출산 과정에서 수고가 많았다며 내게 술을 사기도 했다.

한편 코끼리월드와 더파크의 계약으로 우치동물원에서 코끼리들이 사라질 위기에 처하자 우치동물원에서도 서둘러 코끼리 매입을 추진했다. 코끼리들이 우치동물원의 대표 동물로 자리 잡았는데 한순간에 모두 이사 가 버리면 난감한 일이 아닐 수 없었다. 코끼리들이 갑자기 사라지면 시민들의 원망과 언론의 공격이 고스란히 광주시로 향하게 되리라는 점도 의식되었을 것이다.

우치동물원은 어미 코끼리와 새끼 코끼리를 각각 한 마리씩 매입하기로 방침을 정했다. 새끼 코끼리에 애착을 보였던 더파크 관계자들이 약간 항의를 했지만, 이것만큼은 우치동물원도 물러서지 않았다. 이곳에서 태어난 코끼리인 만큼 적어도 한 마리는 확보하겠다는 확고한 입장을 세웠다. 나로서는 내심 반가운 소식이었다. 코끼리 모두를 지킬 수 없다면, 내 눈으로 탄생을 지켜본 우치와 우리 둘 중의 한 녀석만이라도 꼭 지키고 싶었다.

구입에 드는 비용은 약 3억 원이었다. 이미 예전에 해외에서 코끼리를 구입하기 위해 확보했다가 쓰지 못한 예산이 있어서 예산 배정은 원활하게 이루어졌다. 그렇다면 쏘이와 우치 모자, 봉과 우리 모녀 중 어느 쪽을 선택해야 할까? 우치동물원에서 최초로 태어난 새끼 코끼리라는 상징성을 감안하면 당연히 쏘이와 우치 모자여야 하겠지만 실제로는 봉과 우리 모녀가 선택되었다. 우치는 수컷이라 성장해서 발정기가 왔을 때 감당하기 어렵다는 점, 모자 사이의 근친이 우려된다는 점 때문이었다. 관리상의 편리함이 상징성을 이긴 셈이다.

이 결정에 나도 딱히 이의를 제기하지는 않았다. 코끼리라는 동물이 관리가 만만한 동물이 아니라는 사실은 누구보다도 내가 잘 알았다. 다시 그때로 돌아가 나더러 한쪽을 선택하라면 나 역시 봉과 우리 모녀를 선택했을 것이다.

최종 결정 소식을 듣고 나자 봉과 우리 모녀가 온전히 우리 식구가 되었다는 기쁨과, 나머지 아홉 마리 코끼리와 헤어져야 한다는 슬픔이 하루에도 몇 번씩 교차했다. 그러면서 아사히야마동물원의 이야기를 계속 떠올리지 않을 수 없었다. 재정상의 곤란함을 모르는 바는 아니지만, 아사히야마동물원처럼 우리도 동물원 사람들이 힘을 합쳐 코끼리 모두를 지켜낼 방도를 찾아보았으면 어땠을까 하는 아쉬움이 짙어만 갔다.

아사히야마동물원은 일본 홋카이도 아사히카와 시에 있는 시립 동물원으로 1967년에 개원했다. 일본에는 동물원이 꽤나 많다. 전국적으로 100여 개 가까이 있는데 아사히야마동물원은 그중에서도 가장 북쪽에 있다. 개원 직후에는 큰 인기를 누렸건만 이곳에도 1990년대에 위기가 찾아왔다. 관람객 감소와 적자 누적으로 시의회에서 동물원 폐원을 거론할 지경에 처한 것이다. 그러자 동물원 원장과 사육사들이 직접 나서서 동물원 개혁에 착수했다. 그 개혁 내용은 한마디로 '행동주의 전시법'으로 요약될 수 있다. 먼저 동물들이 원래 서식지와 최대한 가까운 환경에서 서식하도록 우리 구조를 개선한 다음, 사람과 동물과의 거리를 최소화하면서도 동물에게 방해가 되지 않도록 관람객용 통로를 만들었다. 야생성을 되찾은 동물들은 더욱 활발하게 움직이게 되었고, 그 모습을 관람객들은 눈앞에서 생생히 목격하게 된 것이다.

펭귄이 머리 위로 헤엄쳐 다니고, 사자 발톱이 눈앞에 놓여 있는 것을 보며 누가 환호하지 않을 수 있을까. 개혁을 한 지 10여 년 만에 아사히야마동물원은 일본에서 관람객이 가장 많은 동물원이 되었고, 창의적 개혁의 아이콘으로 떠올랐다. 기업 혁신의 대표 사례가 되어 그 이야기가 책으로 나오기도 했다.

내게는 혁신이니 경영이니 하는 이야기보다 동물원 사람들이 힘을 모아 동물원을 지켜냈다는 사실이 가장 크게 와 닿았다. 우리 동물원도 아사히야마동물원처럼, 한데 힘을 합쳐 동물원도 더욱 활성화하고 그 여세를 몰아 코끼리도 지킬 수 있다면 얼마나 좋을까. 물론 결코 쉽지 않은 일이다. 하지만 아사히야마동물원의 사례로 볼 때 완전히 불가능하지도 않다는 생각이 드니 아쉬움이 가시지 않았다.

내 마음과는 관계없이 우치동물원과 코끼리월드의 매매 협상은 순조롭게 진행되었다. 임대 협상 때도 큰 잡음 없이 진행되었지만, 이제는 그간 두텁게 쌓인 신뢰가 있는 만큼 더욱 순조로웠다. 매매 진행이 끝나자마자 봉이와 우리는 광주시 소속으로 등록되었다. 임대라는 꼬리표를 떼고 완전히 우치동물원의 식구가 된 것이다. 이때가 2011년 4월. 코끼리들이 우치동물원에 온 지 약 3년 만이었다.

정식으로 동물원 식구가 된 봉과 우리를 보고 있노라니, 기쁨도 컸지만 한편 그간 코끼리들이 겪어온 '인생 역정'에 새삼 마음이 짠해졌다. 이들은 어쩌다 이 먼 타지에서 이리저리 흘러다니는 운명이 되었을까. 요즘엔 사람들도 흔하게 이민을 떠나는 시대라지만, 그래도 고향을 떠난다는 것은 사람에게나 짐승에게나 만만치 않은 도전일 테다. 더구나 이 코끼리들은 제 의지가 아니라 사람들의 사정 때문에 영문도 모른 채 옮겨 다녀야 하지 않았나. 게다가 이제 봉이는 함께 운명을 공유했던 다른 코끼리들과도 작별해야 한다.

그런 생각을 하니 봉과 우리가 부쩍 안쓰러워지면서 책임감이 두 배로 느껴졌다. 이제 봉과 우리의 보호자는 나를 비롯한 우치동물원 사람들이었다. 이 녀석들을 더욱 잘 보살펴주어야겠다고 다짐했다.

봉이와 우리를 가족으로 맞는 기쁨도 잠시, 그로부터 불과 석 달 후 작별의 날이 닥쳐왔다. 봉과 우리를 제외한 나머지 아홉 마리 코끼리들이 이삿짐을 싸야 했다. 그런데 코끼리들의 행선지는 부산이 아니라, 바다 건너 일본이었다.

3. 한국 생활을 마감하고, 다시 일본으로

코끼리들이 가기로 한 더파크는 건설이 예정대로 이루어지지 못하고 자꾸만 일정이 미루어졌다. 문제는 자금이었다. 의욕적으로 사업을 추진하긴 했지만 자금난이 발목을 잡았다. 구입 대금을 내지 못해 코끼리월드와의 계약도 유야무야되었다.

더파크의 건설 지연은 사실 어느 정도 예견된 부분도 있다. 동물원은 건설비용만 수천억 원이 들지만 수익 면에서는 취약하다. 에버랜드의 경우는 삼성이라는 대기업을 끼고 있는 데다 비싼 입장료를 받고 있어서 그나마 그 정도로 유지할 수 있지만, 중소기업이 상업적인 목적으로 동물원을 운영하는 것은 재정상의 무리가 따른다. 게다가 동물원은 그 특성상 다양한 민원도 감당해야 한다. 우치동물원만 해도 환경 단체나 주변 민가에서 수시로 민원이 들어온다. 환경 단체에서는 주로 동물들이 쾌적하게 지낼 수 있도록 환경을 개선해 달라는 요청을 하고, 주변 민가에서는 주로 동물의 배설물로 인한 악취를 없애 달라는 요청을 한다. 이런 상황에 늘 부딪히는 나는 동물원이라는 시설은 반드시 공공 기관이 나서서 해야 한다는 확고한 입장을 갖게 되었다. 민간 기업이 나서서 하기에는 수익이나 관리 면에서 여간 까다로운 일이 아니다.

상황이 이렇게 되자 빨리 코끼리들을 매각하려고 했던 코끼리월드도 난처해졌다. 이 무렵 국내 동물원 관계자들 사이에서는 코끼리월드가 결국 코끼리를 헐값에 팔게 될 거라는 소문이 퍼졌다고 한다. 하지만 코끼리월드는 결코 그럴 생각이 없었다. 비록 사업으로서는 실패했지만, 코끼리는 코끼리월드의 자존심이었다.

때마침 일본의 후지 사파리파크에서 연락이 왔다. 우치동물원 소유가 된 두 마리 코끼리를 제외한 아홉 마리를 모두, 그것도 값을 후하게 쳐서 매입하겠다는 것이었다. 가능한 국내에 팔기를 바라왔던 코끼리월드로서도 흔들릴 수밖에 없는 조건이었다.

후지 사파리파크는 일본 시즈오카 현에 위치한 동물원으로, 이름에서 짐작할 수 있듯 사파리형 구조로 이루어져 있다. 관람객이 자기 차에 탄 채로 사파리 안을 돌아다니며 동물들을 관찰할 수 있다는 것이 제일 큰 특징이다. 물론 차에서 내리는 것은 엄격히 금지되어 있다. 시설이 최상급이라 할 수는 없지만 그래도 우치동물원에 비하면 호텔급은 된다. 적어도 동물들이 비좁은 우리에 갇혀 있지 않고 넓은 공간에서 자유롭게 돌아다닐 수 있다. 국내에 머물지 못한다는 것이 아쉽기는 하지만, 코끼리들의 입장에서는 차라리 더 나은 선택이 될 수도 있을 것 같았다.

일단 코끼리월드에서 결심이 서자, 후지 사파리파크와의 계약은 순조롭게 진행되었다. 매매 대금도 계획대로 치러졌고, 코끼리의 국제 거래와 관련된 서류상의 신고 절차도 착착 이루어졌다. 허가도 몇 주 만에 금방 나왔다. 처음 코끼리들을 들여올 때와는 대조적으로, 내보낼 때는 별다른 제지나 시간 지연도 없이 허가가 나왔다.

나와 조련사들은 슬퍼할 겨를도 없이 코끼리 수송 작전에 매달려야 했다. 무엇보다 코끼리가 들어갈 수송 상자를 만드는 게 관건이었다. 이제는 새끼가 한 마리 딸린 터라 어미와 새끼를 한꺼번에 넣을 수 있는 큰 상자도 하나 새로 제작해야 했다. 우리는 코끼리들이 우치동물원에 온 이후로 방치해두었던 수송 상자를 다시 꺼내어 고치고 보강했다. 외주 업체에 맡기면 비용만 많이 들고 원하는 대로 나오지도 않는 터라, 우왓을 중심으로 목공과 용접에 능한 다섯 명의 조련사들이 한 달 내내 매달려 완성해냈다.

출국 일주일 전에 사파리파크 관계자들이 우치동물원에 찾아왔다. 칩을 가져와서 아홉 마리 코끼리들에게 넣어달라고 요청하기에 내가 직접 했다. 목 주변 피부 아래에 주사를 놓으니 칩이 쏙 박혔다. 사파리파크의 동물 관리가 무척 체계적이라는 느낌이 들었다. 이런 작은 사실에도 마음이 놓였다.

그렇게 코끼리들이 이 나라를 떠나기 위한 모든 준비가 완료되었다. 이제 남은 것은 비행기에 오르는 일뿐이었다.

2011년 7월, 서울 강남 한복판에서 일어난 유래 없는 물난리에 온 나라의 시선이 집중되어 있던 무렵이었다. 거대한 트럭들이 하나둘 우치동물원에 들어왔다. 평일이라 관람객은 거의 없었고 그나마도 코끼리 우리 주변에 바리케이드를 쳐서 관람객의 접근을 막았다. 언론사에도 알리지 않아 취재를 나온 기자도 전혀 없었다. 후지 사파리파크에서는 코끼리들이 오는 것을 축하하는 기념 카퍼레이드까지 준비하고 있다고 하던데, 그와는 대조적으로 우치동물원 안은 쓸쓸한 풍경이었다. 몇 년 동안 함께하며 정든 코끼리들을 보내는 아쉬운 순간인데, 동물원 안은 이토록 초라하기만 했다.

내게는 코끼리의 건강을 체크해야 하는 임무가 주어졌다. 똥, 오줌, 먹는 상태, 피부 주름, 눈곱, 체온 등 육안으로 할 수 있는 건강 진단을 세밀히 시행했다. 모두 다 건강한 편이었다. 수송 상자에 넣기 전에는 먹이의 양을 줄이고, 옮기는 동안에는 과일이나 야채 같은 연한 먹이만 주라고 당부했다. 스트레스를 받은 코끼리는 장에 이상이 생기고 가스가 찰 수 있는데, 심해지면 고창증 같은 소화 기능 장애가 생겨날 위험이 있다. 그래서 운송 중에는 굶기는 편이 오히려 낫다. 거듭 당부를 하고 나니 이제 우리 코끼리도 아닌데 괜한 간섭을 하는 것일까 싶기도 했지만 그래도 코끼리들을 위해 내가 할 수 있는 일은 끝까지 다 하고 싶었다.

우치동물원에 남게 된 봉이와 우리는 다른 코끼리들과 떨어져 내실에 갇혔다. 소는 도축장에 끌려갈 때 제 운명을 눈치채고 슬퍼한다고 한다. 코끼리는 소보다 더 영리하고 민감한 동물이다. 친구들과 헤어지게 될 것을 예감했는지 내실에 갇히자마자 우리가 요란하게 울어대기 시작했다. 딸이 울부짖으니 엄마인 봉이도 안절부절못했다. 그 소리에 쏘이와 우치도 울고, 나머지 코끼리들도 우왕좌왕했다. 우리의 울음을 시작으로 불안감이 전염병처럼 코끼리 전체에 번졌다. 나는 우리라도 남아 주어 다행이라고 생각했지만 우리 입장에서 보면 전혀 아니었나 보다. 무리 생활을 하는 코끼리로서는 어디가 되었든 함께 떠나고 싶었을 것이다.

주위에서 시끄러운 소리가 나고, 비좁은 수송 상자가 앞에 놓이고, 친구가 내실에 갇히는 어수선한 상황에서 불안감에 사로잡힌 코끼리들은 설사를 줄줄 했다. 이대로는 도저히 수송 상자 안에 넣을 수가 없었다. 내가 해야 할 일이 하나 더 생겼다. 부랴부랴 코끼리에게 쓸 진정제를 찾았다. 소를 마취할 때 주로 쓰는 럼푼이라는 약이 효과가 있을 것 같았다. 코끼리의 체격과 흥분한 정도를 감안해 각각 다른 양의 럼푼을 주사했다. 20분가량 지나자 약효가 나타나기 시작했다. 코끼리들은 설사를 멈추었고 하늘 높이 치켜들었던 코도 땅으로 내려놓았다.

우선 쏘이와 우치부터 수송 상자에 넣었다. 기특하게도 우치가 별다른 반항 없이 잘 들어가 주어 쏘이도 쉽게 따라 들어갔다. 코끼리가 수송 상자에 들어가면 지게차로 들어 트럭에 옮겨 싣고, 다음 코끼리가 들어가면 또 옮기는 식으로 계속 반복했다. 말로 하니 간단한 것 같지만 첫 번째로 우치가 들어가고서 아홉 번째 짠디가 들어가기까지 족히 두 시간은 소요되었다. 좁은 수송 상자 안에 들어간 코끼리들은 네 다리가 모두 묶이고 목까지 천장에 묶였다. 최대한 움직이지 못하도록 하기 위해서였다. 후지 사파리파크에 도착할 때까지 그 자세로 20시간 넘게 버텨야 한다. 고역스러운 시간일 것이다.

수컷 짠디가 마지막으로 들어갈 때는 꽤나 애를 먹었다. 럼푼의 진정 효과가 거의 사라졌는지 짠디는 수송 상자에 들어가지 않으려고 온힘을 다해 버텼다. 럼푼을 좀 더 주사하고 10분 후 다시 시도했다. 이번에도 짠디는 저항했지만 힘이 떨어졌는지 겨우겨우 수송 상자 안으로 발걸음을 옮겼다. 짠디가 버티는 동안 조련사들이 몇 번이고 매질을 하는 바람에 짠디의 귀 뒤쪽과 코끝에서 피가 흘렀다. 떠나는 마당에 이렇게 고생을 시키니 마음이 아팠다. 속으로 '그러게 왜 버티고 그래.'라고 타박을 하며 소독약을 정성껏 발라주었다.

우치동물원에 어둠이 짙게 깔린 저녁 8시, 코끼리들을 실은 차가 일렬로 동물원을 빠져나갔다. 3년 전과 정반대의 광경이었다.

조련사들도 코끼리와 함께 떠났다. 나나 조련사들이나 코끼리를 싣느라 정신이 없었던 탓에 제대로 작별 인사를 나누지도 못했다. 조련사들이 차에 오르기 전에 간단히 포옹을 한 것이 전부였다. 나는 트럭에 오른 조련사들을 향해 손을 흔들어주었다. 며칠 전에 따로 식사 자리를 가지긴 했지만 그래도 이렇게 정신없는 틈에 보내고 나니 아쉬움이 더했다.

그날 밤은 무슨 정신으로 보냈는지 모르겠다. 낮 동안 코끼리 수송 일로 한바탕 난리를 치른지라 너무 피곤한 나머지 집에 돌아가자마자 잠이 든 것 같다. 허탈함은 자고 일어난 다음 날 아침에야 거세게 덮쳐 왔다. 코끼리들은 일본에 잘 도착했을까?

출근하자마자 봉과 우리 둘만 남겨진 코끼리 우리를 찾았다. 원래 넓지 않은 곳이었는데도, 아홉 마리가 떠난 자리를 생각하니 유난히 우리가 허전해 보였다. 사육사 두 명이 아침부터 나와서 뒷정리를 하고 있었다. 이 사육사들은 한 달 넘게 조련사들로부터 기본적인 코끼리 관리법을 배워두었다. 하지만 아무래도 전문가인 조련사들이 전혀 없으니 조금 걱정이 되었다.

사무실로 돌아와 코끼리월드의 정 이사에게 전화를 해보았다. 정

이사는 코끼리들이 인천공항에 무사히 도착했다고 전해왔다. 오후에 다시 전화를 하니, 코끼리들을 실은 비행기가 무사히 이륙했다고 했다. 아홉 마리 코끼리들은 이제 이 땅을 완전히 떠난 것이다. 이륙이라는 단어를 듣는 순간, 설명할 수 없는 허전함이 밀물처럼 몰려왔다.

오후 6시가 넘은 시간에 퇴근을 미루고 다시 코끼리 우리를 찾았다. 봉과 우리는 제자리를 맴돌고 있었다. 여전히 불안하다는 몸짓이었다. 미안하고 또 고마웠다. 이제 남은 과제는 이 코끼리들을 어떻게 잘 돌볼 것이냐 하는 것이다. 봉과 우리가 더는 이주하지 않고, 이곳에서 천수를 누릴 수 있도록 해야겠다고 다짐했다. 이곳을 봉과 우리의 또 다른 고향이자 안식처로 만드는 것, 그것이 내게 마지막으로 남겨진 중요한 숙제일 테다.

에필로그

코끼리가 지나간 푸르른 길

봉이와 우리 모녀를 제외한 아홉 마리 코끼리들이 우치동물원을 떠난 지 약 반년 후, 나도 우치동물원을 떠나야 했다. 동물원 수의사가 된 지 10년 만이었다.

내 의지에 따른 것은 아니었다. 공무원 신분이라 근무지가 재배치된 것이다. 일종의 보직 순환이다. 현재 나는 광주광역시 보건환경연구원 동물위생연구부에 소속되어 있다. 가축과 야생동물의 전염병을 검사하는 것이 나의 주된 업무가 되었다. 그 외에 유기 동물 보호 사업과 어린이 동물 교실에 관여하고 있고 방송 출연, 잡지 기고, 강연 활동도 꾸준히 하고 있다. 이런저런 일이 끊이지 않지만 어딘지 붕 떠 있다는 느낌을 지울 수 없다. 동물원을 떠난 나의 삶은 그야말로 나그네 인생에 다름 아니다.

이제 업무도시는 우치동물원과 직접적인 인연이 없는 셈이지만 그래도 간접적인 끈은 계속 남아 있다. 우치동물원에 있을 때는 죽은 동물을 이곳 보건환경연구원으로 옮겨 부검하곤 했는데, 그럴 때면 나도 직접 부검에 참여했다. 하지만 요즘 우치동물원에는 전문 수의사가 소속되어 있지 않은 터라 부검을 우리 연구원에 전적으로 맡기고 있고, 다른 사람이 아닌 내가 부검을 맡고 있다. 비록 우치동물원 동물들의 삶으로부터는 멀어졌지만 죽음은 여전히 함께하고 있는 것이다.

우치동물원을 떠날 때만 해도 멀쩡히 살아 있던 동물들을 차가운 주검으로 다시 만나는 것이 결코 유쾌할 리 없다. 그 만남의 횟수가 적으면 적을수록 좋으련만 그렇지가 않으니 문제다. 2013년에만 서른 마리에 가까운 동물을 부검해야 했다. 우치동물원은 워낙 오래된 동물원이라 시설이 많이 낙후되었는데, 예산 확충이나 시설 재정비는 제대로 논의조차 되지 않고 있다. 그럴수록 사람의 정성이 필요한데, 내가 직접 돌봐주지 못하니 안타까울 뿐이다.

한 달에 한 번 정도 우치동물원을 직접 찾기도 한다. 정식으로 방문 약속을 잡고 가는 것은 아니다. 보건환경연구원 사무실에서 언덕 하나만 넘으면 바로 우치동물원이라 사람들에게 알리지 않고 조용히 들어간다. 그것도 동물원 직원이 적은 주말을 이용한다. 엄연히 다른 기관 소속인데 자꾸 관여하고 간섭하는 모양새가 될까 하는 염려 때문에 조심하는 것이다. 우치동물원에 가면 오랜만에 보는 동물들에게 안부 인사를 건네기도 하고 요즘 건강은 어떤지 상태를 살피기도 한다. 동물원에서 지낸 10년 동안 매일 아침 회진을 돌며 낯을 익힌 덕분에 여전히 내 얼굴을 알아보는 녀석들이 꽤 있다. 동물들이 건네는 인사가 요즘엔 특히 반갑다.

코끼리월드의 김 회장과 정 이사와도 종종 연락을 주고받는다. 두 분 모두 잘 지내고 있다. 코끼리들이 모두 일본으로 떠난 뒤 코끼리월드라는 회사는 없어졌다. 두 분은 이제 코끼리 사업 대신 다른 사업에 매진하고 있다. 수익을 못 냈으니 코끼리 사업은 실패한 셈이지만 그래도 그 귀한 동물들을 어렵사리 한국에 들여와 잘 보살폈다는 자부심은 두 분 모두 여전하다.

장님코끼리만지기 프로그램은 여전히 계속되고 있다. 현재 엄정순 작가는 일곱 번째 맹학교를 섭외 중이다. 그리고 드디어 미술관들과의 만남이 시작되었다. 2015년부터는 전국의 큰 도시에 있는 시립, 도립 미술관들을 순회하는 '뮤지엄 프로젝트'가 현실이 될 것 같다. 서울시립 북서울미술관을 시작으로 전국에 있는 현대 미술관들을 코끼리 작품들이 순회하면서 이방의 동물 코끼리가 담고 있는 우리 시대의 이야기와 이미지들을 소개하고 나누게 될 것이다. 우리의 코끼리를 미술 작품을 통해 기억하는 계기가 되면 좋겠다.

엄정순 작가는 한 가지 새로운 일도 하고 있다. 코끼리를 테마로 그림을 그려 전시회를 여는 것이다. 시각 장애 아이들의 미술 수업 주제였던 코끼리가 이제 화가 엄정순의 새로운 테마가 되었다. 코끼리와 누구보다도 귀한 인연을 맺은 화가니만큼 멋진 작품이 탄생하리라 기대한다. 그 작품들은 코끼리가 이 땅에 남긴 또 하나의 귀한 유산이 될 것이다.

이 책을 읽은 분들이 가장 궁금해하는 것은 당연히 우치동물원에 남은 코끼리들과 떠난 코끼리들의 근황일 것이다. 미리 말해두자면 그리 행복한 소식은 아니다.

수컷인 우치보다 순해서 다루기 편하다는 이유로 우치동물원에 남게 된 코끼리 우리는 사람들의 예상을 비웃기라도 하듯 말썽꾸러기로 자라났다. 힘자랑이라도 하려는 의도였는지 내실로 통하는 철문을 망가뜨린 적도 있다. 만 세 살이 된 요즘은 몸집도 엄마와 엇비슷해졌다. 발육 상태에는 큰 문제가 없는 것 같지만 너무 산만한 것이 아닌가 걱정이 된다. 산만한 것과 활발한 것은 분명 다르다. 불안정해 보인다고 표현할 수도 있겠다.

그런 우리를 다독여주어야 할 엄마 봉이의 상태는 더욱 좋지 않다. 지속적으로 머리를 흔드는 정형 행동이 심해졌다. 그나마 우리는 관람객들이 다가오면 코를 내미는 등 사람들과 교감하는 모습을 자주 보이지만 봉이는 그런 교감마저 현저히 적다. 동료들과 헤어진 것이 트라우마로 남은 것이 아닌가 싶다. 조련사가 한 명이라도 남아 있었다면 도움이 되었으련만. 우치동물원의 사육사들이 조련사들로부터 몇 가지 노하우를 익히기는 했지만, 지금 두 코끼리들의 상태를 보면 그 정도로는 턱없이 부족한 듯싶다.

조련사를 다시 데려오기란 사실상 불가능하니, 코끼리 우리 환경이라도 개선하는 것이 시급하다. 현재의 코끼리 우리는 너무 좁은데다 바닥도 시멘트로 되어 있다. 가능한 넓히고, 바닥의 시멘트도 걷어내면 좋겠다. 사람들의 시선을 다소간 피할 수 있는 공간을 마련해주는 것도 중요하다. 코끼리는 예민하면서도 지능이 높은 동물이라 자신만의 공간이 필요하다.

여건이 허락한다면 몇 년 후에는 수컷 코끼리 한 마리를 들이게 되기를 바란다. 동물에게도 사랑은 언제나 가장 좋은 해결책이다.

후지 사파리파크로 간 코끼리들도 안녕하지만은 못했던 것 같다. 코끼리들이 옮겨간 지 약 1년 후인 2012년 10월, 후지 사파리파크에서 코끼리에 의한 인명 사고가 벌어졌다. 사고 경위는 이렇다. 어미 코끼리가 새끼를 공격하는 모습을 본 한 조련사가 우리 안으로 뛰어들었다. 어미 코끼리는 자신을 막아선 이 조련사를 그 육중한 몸으로 짓눌렀고, 조련사는 결국 목숨을 잃고 말았다.

처음엔 신문 기사를 보고 간략한 내용만 알 수 있었는데, 나중에야 청천벽력 같은 소식을 전해 들었다. 이 조련사는 다름 아닌 캄폰이었다. 활발한 동생 옆에서 미소 띤 얼굴로 열심히 일하던 모습이 아직도 눈에 선한데, 그런 사고를 당했다니 믿기지 않는다. 동생 캄텐은 얼마나 슬퍼하고 있을 것이며, 고향의 부모님은 또 얼마나 눈물을 흘리고 계실까. 이 소식을 접하고 나니, 우리 코끼리들과 조련사들에게 닥친 슬픈 운명에 다시금 마음이 무거워진다. 캄폰의 명복을 빈다.

처음에 이 책을 쓰기 시작하면서 가졌던 질문을 다시 떠올려본다.

이 땅에 온 코끼리들에게 우리는 어떤 운명을 선사해왔을까. 우리는 우리 곁에 온 이 동물들과 어떤 관계를 맺어왔을까.

우리는 코끼리를 좋아한다. 동화책으로, 인형으로, 액세서리로, 광고로…… 코끼리를 소비하고 또 소비한다. 그래서 동물원에도 당연히 코끼리가 있기를 기대하고, 동물원은 그 기대에 부응하기 위해 코끼리를 수입한다. 하지만 현실의 코끼리는 동화책 속의 코끼리와 엄연히 다르다는 사실을 우리는 쉽게 잊는다. 더 정확히 말하자면 코끼리가 살아 있는 생명이고, 희로애락을 느끼는 동물이며, 무엇보다 원래는 여기에 없었던 존재라는 사실을 종종 모른 체한다.

우리 앞에 있는 코끼리는 이방인이고 이주자이다. 우리에게는 당연하고 익숙한 이곳이 그들에게는 낯설고 불편할 수밖에 없다. 라오스에서 온 코끼리들이 이곳에 사는 9년 동안, 우리는 이 이방인들을 얼마나 환대했고, 얼마나 좋은 안식처를 마련해주었을까. 다른 누구보다 나 자신에게 되묻게 되는 질문이다. 우리의 호기심과 애정 때문에 고향을 떠나 우리 앞에 와야 했던 코끼리들에게 우리는 얼마나 좋은 친구가 되어주었을까.

우리는 좋은 친구가 될 준비를 마치지 못한 채 이들을 맞았지만, 그래도 그 9년이라는 시간 사이사이에는 분명 보석처럼 반짝이는 교감의 순간들이 있었다고 나는 믿는다. 코끼리들이 서울 시내를 질주했을 때, 퍼레이드를 따라 위풍당당하게 행진했을 때, 환호하는 손님을 등 위에 태우고 느릿느릿 산책했을 때, 시각 장애 학생들이 코끼리 몸을 향해 손을 뻗었을 때, 사람들이 갓 태어난 새끼 코끼리를 보며 탄성을 질렀을 때 우리는 이 낯선 동물과 서툴게나마 친구가 되는 법을 배우기 시작했다.

중요한 것은 우리에게 이 코끼리들이 다녀갔다는 기억을 소중히 간직하는 것이다. 나는 이 진기한 이방인들이 우리에게 남긴 발자국을 영원히 기억할 것이다.

아프리카 밀림에서 코끼리는 생태계의 창조자이다. 코끼리가 상아로 우물을 판 곳은 그대로 다른 작은 동물들의 생명수가 되고, 코끼리가 발로 지나간 곳은 단단히 다져져 그대로 다른 작은 동물들의 길이 된다. 우리의 코끼리들이 남긴 발자국을 기억한다면 이들이 만든 길은 우리에게 올 또 다른 이주 동물들에게 이전보다 몇 배나 푸르른 길이 되리라 믿는다.

달려라
코끼리

라오스 코끼리가 9년 동안 남긴
우정과 교감의 발자국

1판 1쇄 펴냄 2014년 7월 11일
1판 2쇄 펴냄 2015년 11월 17일
지은이 최종욱 · 김서윤
펴낸이 박상준
펴낸곳 반비

출판등록 1997. 3. 24.(제16-1444호)
(우)06027 서울특별시 강남구 도산대로1길 62
대표전화 515-2000, 팩시밀리 515-2007
편집부 517-4263, 팩시밀리 514-2329

ISBN 978-89-8371-671-2 03810

반비는 민음사 출판 그룹의 인문 · 교양 브랜드입니다.
블로그 http://banbi.tistory.com
페이스북 http://www.facebook.com/Banbibooks
트위터 http://twitter.com/banbibooks